彼女が遺したミステリ

伴田音

双葉文庫

目次

彼女が遺したミステリ

第一章

婚約者が亡くなってから一年と四か月、一三日が過ぎた。二度と会えない彼女から手紙が届いたのは、飼っている熱帯魚に餌をあげていたときだった。

インターホンが鳴って玄関ドアを開けると、立っていた私服の配達員が僕に封筒を手渡してきた。「お届け物です」と、低い女性の声で一言だけ。小包でもないのに直接渡してきたのが不思議だったが、配達員は目深にかぶった帽子に手を添えて小さくお辞儀をし、そのまま去っていった。

はがきサイズの洋形封筒。しっかりとのり付けされていて、尖った角で指が切れそうだった。住所が書かれていない。切手もなし。あの配達員はどうやってこれを届けることができたのだろう。

裏を返し、左隅に『保坂一花《ほさかいちか》』の名前を見つけたところで、そんな疑問がかき消えた。暗闇のなかに灯る怪しいろうそくの火を誰かが吹き消して、代わりに別の大きな火が灯る。それが彼女の名前だった。

ここが夢のなかではない手がかりを探そうとして、裸足の裏から這《は》い上がってくる床の冷たさが現実であることを証明してくれた。自宅の一軒家。彼女と二人で時間をかけて選んだ賃貸。
リビングに向かいながら封を切っていく。冷静でいるべきなのに体が言うことを聞かず、結局乱暴に開けることになり、変な破き方をしてしまった。封筒の端が床に落ちる。
便せんとポストカードがそれぞれ一枚。それが封筒の中身のすべてだった。便せんに、桐山博人《きりやまひろと》くんへ、と書かれた一文を見つけ、意識が吸い込まれる。

桐山博人くんへ
きみはどうせ私がいなくなったあとも、家に閉じこもりきりだと思うので、この手紙は直接渡してもらえるよう配達員の人にお願いしてあります。郵便受けもどうせぱんぱんになってるんでしょ。だめだよ。

文章を読むまで半信半疑だった。心ない誰かのいたずらではないのかと。だが違った。字の癖がまさに一花のものだった。彼女の書くひらがなの「て」と「く」、それから「し」と「う」は、人よりも少し読みにくい。それぞれ曲がるべきところを端折《はしょ》ってまっすぐに書いてしまう癖があるので、特に「く」などは、まっすぐな棒にしか見えないときがある。この手紙にでてくる字にも、その癖があった。

アゲハは元気？　ちゃんと餌をあげてますか？　放置してませんか？

アゲハとは飼っている熱帯魚の名前だ。ナンヨウハギで、昔から好きな魚だった。いま飼っているナンヨウハギは一花と一緒に飼いはじめたもので、名付け親も彼女である。最後に病院から一時帰宅していたときも、一花はアゲハのことばかりかまっていた。

さて、ここからが本題。博人くんへの、私の最後のわがままです。

この地球のどこかに、私のメッセージを遺しました。

手がかりは色々な場所に置いてあります。さあ、外にでて探してみて。

便せんの文章はそこで終わっていた。手元にあるポストカードを見る。そこにも彼女の手書きの文章があった。書いてある内容を読んで、彼女が手紙に書いていた手がかりと、わがままという言葉の意味を、ようやく理解した。

第一問：

初めて私が読んだ古典ミステリは覚えてる？　そこにヒントを隠しました。

きみなら大丈夫。きっとできる。

保坂一花。僕の元婚約者は、ミステリが好きだった。

一花と最後の会話を交わしたのは病室だった。暑いというので、僕がアイスを買いにいくことになった。病院内のコンビニから戻ってくると、彼女はたくさんの医者やナースに囲まれていて、病室からしめだされてしまった。連絡を受けてやってきた彼女の家族とともに廊下で待ち続けた。一花がアイスを食べることはなかった。

何か大きなものが、僕と彼女の日常を描いたページを、いきなり外から断裁したような、そんなあっけない終わり方。

しばらくは涙が止まらなくなるだろうと思った。二度と話せない彼女のことを思い出し、そのたびに打ちひしがれ、何も手がつかなくなるだろうと思った。家に閉じこもり、ほとんど外出せず、必要なものは通販で注文する。どうしても緊急で必要なものがあるときは、通りの先にあるコンビニまで足を延ばす。そうやって外にでるのも、一か月に一度か二度。それが自分の生活圏内になるだろう。世界のすべてになるだろう。そう信じて疑わなかった。

ところが、葬式を終えた四日後には会社に出勤していた。いつもの時間に起きて、定刻通りにやってくる急行に乗り、満員のなかで痴漢と間違われないよう、両手で吊革を握った。出社した僕に向けた同僚や上司の顔がまだ瞼《まぶた》の裏に焼きついている。誰も話しかけてこない。挨拶もされない。そこにいることが信じられず、動揺する顔。死んだのが彼女ではなく本当は僕のほうで、幽霊となって恐れられているような感じだった。

午後になると上司が在宅で仕事をするよう勧めてきた。ＷＥＢエンジニアという職業柄、仕事は出社しなくてもできる。前々から僕は在宅で作業させてもらえるように訴えていたのだが、上司は社員間のコミュニケーションに関する独自の哲学を持っていて、その主張はなかなか受け入れてもらえなかった。それがこんな状況になってあっさりと通り、はあ、と気の抜けた声がでた。

家の廊下やトイレ、リビングのドア、あちこちに、彼女との記憶の残滓《ざんし》が残っていた。バスタオルや衣服からは、彼女の匂いもした。涙はでてこなかった。喪失感は確かにあって、ひとりきりで悲しいはずなのに、僕はいままでと変わらず生活し続けることができていた。在宅になってからも、休みなく仕事をし続けた。

何を食べても味を感じなくなると思ったが、そんなことはなかった。ちゃんとお腹はすくし、自炊もした。夜、ひとりで目を閉じるたび、自分は一人であると思い知らされ、眠れなくなるだろうと思ったが、そんなこともなかった。目を閉じて、一時間もすれば眠りについていた。体重は少し減ったし、目にクマもできたが、それ以外変化は特になかった。

会社から何度か連絡があって、少し休んだ方がいいと言ってくれたこともあったが、断った。キーボードを休みなく叩き続けていると、指がそのうち痺《しび》れてくる。痛みともまた違った、気だるい感覚。両手だけが風邪を引いたみたいに、上手く動かなくなる。そういうときはテーブルに手を打ちつけて、無理やりにでも痺れを忘れさせた。

仕事の手をとめられないのは、何かをしていないと、彼女を思い出すとわかっていたからだ。そしてその死に対して、正しい反応ができていない自分を知ることになるから。

涙を流していない、悲しみにくれていない、ぼろぼろになり、惨めな姿になっていない。大事なひとを失った人間が陥るべき、適切な状態になっていない。そんな自分を見ることになるからだ。

僕は最愛の一花の死を、正しく悲しむことができていない。婚約者だった彼女のために、涙を流せていない。

今回の手紙が、それを変えてくれるきっかけになるのだろうか。

第一問：
初めて私が読んだ古典ミステリは覚えてる？　そこにヒントを隠しました。
きみなら大丈夫。きっとできる。

付き合ってすぐ、それから一緒に住み始めてからも、一花は事あるごとにその小説の名前を口にしていた。だからはっきりと覚えている。彼女が最初に読んだ古典ミステリは、アガサ・クリスティの『そして誰もいなくなった』だ。

一花が好きなミステリ小説のなかでも特にお気に入りの作品だ。古典小説だと、現代の人間が読んだときに新鮮味を感じないような内容にあたることが多いが、そのことを一花に指摘したときに返ってきた言葉がある。

「携帯を平然といじりながら、電話を発明した人の名前が答えられないような馬鹿に、私はなりたくないの」

いま、世に広まるミステリの流れや展開の源流となる小説や物語が何なのか、ことミステリにおいて、一花は詳しかった。それは彼女にとっての誇りでもあった。

問題のカードを手にしながら、リビングをいったりきたりする。床の特定の場所を踏むと、少し軋《きし》んで、音が鳴る。

カードの上に髪の毛が落ちる。集中すると髪をいじる癖があった。仕事中にもすることがあって、いまでは毛先のほとんどが枝毛になっている。

問題の文章をそのまま読み取れば、『そして誰もいなくなった』の本にヒントが隠されていると解釈できる。彼女の最後のメッセージにつながるヒント。

意を決し、リビングをでて、そっと階段をのぼっていく。

二階には仕事用の部屋と寝室の二部屋がある。一花の本棚は僕らの寝室にあった。寝るときにすぐにほしい本が手に取れるよう、場所を一緒にしたのだ。

彼女が亡くなって以降、寝室には入っていない。葬儀を終えた日に毛布だけベッドからはぎ取り、一階のリビングのソファでずっと眠っている。寝室はこの家のなかでも、特に思い出が染みついている場所だ。毎晩寝る前、寝室に最後にあがった方が一階の電気を消すというルールを二人で設けていて、僕たちはよく、お互いにからかいあいながら二階を目指す競走をしていた。

寝室のドアノブを握ったところで、手が動かなくなった。足も棒みたいに固まってしまう。進もうと頭では考えているのに体が言うことを聞いてくれない。一花との思い出が染みついている場所は、簡単にはもう、近寄れない。そこでもし、泣くことができなかったら？　悲しみがわいてこなかったら？

あらためて、ドアノブを握りなおす。ここに立ってから数十秒は握っているはずなのに、金属のノブは、いつまで経っても冷たいままだ。

一花が横にいたら、どんな言葉をかけてくるだろう。いいから早く行きなよ、と背中をたたくかもしれない。その姿を想像する。彼女の手紙の文章が、またひとつ、頭に飛び込んでくる。僕が迷ったとき、自動的に作動する機械みたいに、適切な言葉だった。

『きみなら大丈夫。きっとできる』

躊躇《ちゅうちょ》していたのがウソみたいに、それであっさり、僕はドアを開けられた。閉じ込めていた空気が、わずかに漏れてくるのを全身で感じる。

カーテンは閉ざされたまま。わずかに開いた隙間から陽の光が洩れて、空気中の埃《ほこり》を照らしている。古い時間が閉じ込められているままの、静かな場所だった。

入ってすぐ左にあるスイッチを入れて、明かりをつける。壁沿いに設置されている本棚を目指す。陽の光で日焼けさせたくないと、本棚は光が届かない部屋の隅に設置されている。棚を埋めているのはほとんどが推理小説、それからミステリ要素の入った青春や、恋愛ものだ。彼女はそれ以外の小説は一ページも読まない、奇特な読書家だった。

彼女は気に入った本を棚の左側に置く癖がある。読んでみてあまり気に入らなかったものは必然的に右下のほうに追い立てられて行く仕組みだ。『そして誰もいなくなった』は、棚の一番左上にあった。特にお気に入り。宝物の小説。その一冊を、棚から抜き取り、めくってみる。

ぱらぱらと何気なくめくっていると、メモが挟まっていることに気づいた。メモには彼女の手書きで『ヒント①：椅子』と書かれている。

「いつの間に、こんな仕掛けを用意していたんだ」

まず思いついたのは、メモが挟まっていた三七ページ内に、椅子という単語はないか探してみることだった。発見できず、アプローチの方法が違ったことを悟る。集中しろ。仕事をするときのように。

よく考えてみれば①と番号を振っているなら、続きがあってもおかしくない。僕の手元にはまだ、パズルの絵を完成させられるピースがない。いまはまだ、材料集めの段階なのだ。ピースを集める段階なのだ。

予想通り、さらにめくると、六一ページ目に二枚目のメモを見つけた。二枚目には『ヒント③：下』とある。ヒント②はどこにいったのだろうか。①と③があるのだから、②が抜けるということはないだろう。

ページを進むと、一〇三ページ目に三枚目を見つけた。『ヒント②：の』と、一文字だけだった。メモはそれでぜんぶだった。

①から③の数字の通りにメモを並び替えれば、「椅子の下」という単語ができあがる。僕は寝室にある籐の椅子をひっぱりだし、下をのぞきこんでみた。何もなかった。そう簡単には次に進ませてくれない。

「何かが違うんだ。そもそもこれは、どこの椅子の下を指している?」

プログラムの設計と同じだ。どこかおかしなコードはないか。矛盾のある部分はないか。規則正しくない、間違ったところはないか。

規則正しくないといえば、ヒント①のメモの次に、ヒント③のメモが見つかった。普通ならヒント②を置くところだ。そのほうが自然だし、美しい。ここまで手の込んだ準備をしていて、メモを差し込む場所をミスするとは思えない。

そもそも、「椅子の下」をヒントにしたいならメモ用紙一枚で事足りる。ヒント②にいたっては、「の」と、たった一文字だけだ。つまりメモを三分割したのにも、意味があるのだろう。

そこまで考えて、差し込まれているページの存在にようやく気づいた。それぞれのメモが挟まれていた、ページの数字はどうだろう?

「メモの①は三七ページ。②があったのは一〇三ページ。③は六一ページ」

ヒントの数字は、メモのなかの言葉を並び替えるためだけではなく、ページ数を整理するためのものでもあるなら。

ベッド近くの引き出しからメモとボールペンを取り出し、書きだしてみる。ヒント①、②、そして③。それぞれのメモが挟まっていたページを羅列する。

３７１０３６１
数字のごろ合わせだ。

僕はどこにある椅子の下を目指せばいいか、ようやくわかった。

『さあ、外にでて』

彼女は僕を外に連れ出したがっている。

ならば手がかりがあるのは外だ。『そして誰もいなくなった』を問題にだしたのは、その話題が初めて挙がった場所に、僕を向かわせようとしているからだろう。

『手がかりは色々な場所に置いてあります』

もうこの世にはいない彼女。

姿が消えたいまもなお、僕の手を握り、引っ張って連れ出そうとする。

玄関のドアを開けると、とたんに陽光が目を刺す。冬が近づく一一月の後半だが、寒さはそれほど気にならない。問題は近所の主婦たちの目だった。

主婦数人による井戸端会議が行われる場所はたいてい決まっている。家をでて左の通りの先に十字路があり、その一角の、車の通行に比較的邪魔にならないスペース。

通りの先、目をこらしてよく見ると、まさに今日も行われているのがわかった。駅に向かうなら左の通りを使うのが一番近いが、ここは遠回りをしようと考えた。

体の向きを変えて歩き出そうとしたところで、買い物袋を抱えた橋本《はしもと》さんがやってくるのが見えた。サミットに遅刻した主婦がひとりいたようだ。

「どうも、久しぶりね桐山さん」

「……こんにちは」

「ずいぶん姿を見ていなかったから、みんなで心配してたところだったの」

「在宅で仕事をしてたからだと思います。すみませんが、これから用事があるので」

「あら、引きとめてごめんなさい。でも大丈夫？　すごい顔色よ」

外出前、洗面台の鏡で自分と会ったときに実は少し気づいていた。徹夜で作業することもあったので、目のクマがすごい。体重も減っていて、頬もわかりやすくこけていた。だけどそんな姿は、恋人を失った男として正しいような気もした。事実、橋本さんは僕を気遣うような口調だ。殺人鬼として怪しみ、警戒している様子はない。

何か返事をするべきなのに、なかなか言葉がでてこなかった。しばらく人とまともに会話していないので、すぐに喉が渇く。喋るたびに息継ぎのタイミングが難しいと感じる。

結局、橋本さんは微妙な空気を読み取り、去っていった。サミットの会場へ向かっていくのだろう。話題も、ほかの主婦たちの反応も想像できた。僕が家からでたことや、コンビニでたまに見かけること、身なりはそれなりに気にしているけど急いで鬚《ひげ》を剃ったせいで、頬が赤くなっていること、それからいつも通り猫背だったこと。そういったことが、きっと僕の知らないところで共有されていく。他人の頭のなかで自分が存在し、台か何かに寝かせられて解剖されていくイメージ。痛いと言っても、あのひとたちは解剖をやめない。

上着のポケットには一花の手紙（手がかり）が入っている。お守りのように、ポケットのなかで手紙の表面に触れて、速くなった動悸を落ち着かせようとした。

自分がいかに脆《もろ》いかを知る。他人の視線は、僕が正しくないことを、きっと暴こうとしている。

目を閉じてうつむく。

初めて彼女とデートをした日。一花がまだ僕の恋人になる前の話。彼女のことを、名前ではなく、苗字の保坂さんと呼んでいたころの思い出。

3710361

ごろ合わせで浮かび上がるのは、「みなとみらい」という場所だ。

僕たちはみなとみらいのショッピングモールで映画を観て、その感想を語り合いながら、港沿いをゆっくり歩いていた。赤レンガ倉庫に向かっていたのだ。

彼女のことを意識しすぎるあまり、一花と肩が触れるたびに、その部分に熱を感じていた。港の水面がきらきらと反射してまぶしく、僕はいまと同じようにうつむき、何度か目を閉じていた。

◆
◆
◆

「ゴミでも入りましたか？」

彼女が僕の顔を下からのぞきこんでくる。歩いていたときには見ることがなかった鎖骨があらわになる。わざとやっているのか、それとも無意識なのか。僕が身を引いたせいで、彼女も近すぎたと思ったのか、ごめんなさい、とつぶやいてきた。微妙な雰囲気にはしたくなかったので、すぐに立て直そうとした。

「なんでもないんです。ただ、まぶしかっただけで」

「なるほど、水面ですね。あとは太陽の光もかな？　普段外出しない人だと、頭が痛くなっちゃう人もいるそうですよ。私の妹もそのタイプです。桐山さんはずっと家に引きこもってそう」

「そんなことはありませんよ。たまには外出します」

「図書館とか？」

「まあ、はい」

僕が目をそらすと、いたずらに成功したみたいに保坂さんが笑う。僕が職場の知り合いに勧められた小説を図書館へ借りに行ったときも、保坂さんは受付で純粋な子どもみたいな目を向けて、たくさんの本を勧めてきた。

ウェーブのかかった長い茶髪。そこからのぞく少し大きな耳は、どんな小さな声でもやさしく拾ってくれるだろう。くっきりとした目鼻立ちが、彼女の表情をより豊かに、わかりやすく伝えてくれる。身長が平均よりも高いことを気にしていると聞いたが、それでも低く見せようと猫背になることはない。彼女の勤める図書館に通っていたときも、受付カウンターに彼女がいればすぐにわかった。図書館に週四で通う男性がもしいるなら、よほどの読書家か、もしくは受付の司書に惚れたかのどちらかだろう。

返却用の本に自分の連絡先を隠して、受付の彼女に渡したのがきっかけだった。自分で自分の行動が信じられなかった。読書好きをこじらせてしまったような、アプローチの方法。フィクションで描かれるロマンチックな言動というのは、現実ではしばしばホラーになる。怪しまれて、ストーカー気質の男だと疑われるのが簡単に想像できた。

それでも奇跡的に彼女から返事があって、何度か連絡を取り、ようやく、デートに誘うことができた。いまでも信じられない。ここは物語のなかなのかもしれない。

「誘ってくれて嬉しかったですよ。かくいう私も実は休日は引きこもりです」

「めったに人なんて誘わないので、不安でした。僕こそ嬉しかった」

保坂さんが少しだけ足を速める。そのせいで、表情が見えなくなる。あわてて歩幅を合わせてついていく。また気まずくなりそうだったので、さっき観た映画の感想を語り合うことにした。ミステリが好きだという保坂さんに合わせて、洋画のミステリサスペンスものの映画だった。

「最高でしたね！　罪人が一人ずつ減っていくあの様子は、アガサ・クリスティの名作を思い出しましたよ」

「アガサ・クリスティの小説にそんな話が？」

「そんな話も何も、『そして誰もいなくなった』に決まってるじゃないですか」

「確か、ひとが一人ずつ消えていくやつ？」

「その消えていく人が法律では裁かれなかった罪人だったんじゃないですか」

おかしな間が空く。忘れちゃったんですか？　と、その目が訊《き》いてくる。どうやらお互いの知識レベルに齟齬《そご》があるみたいだった。髪の色をそのまま移したような、澄んだ茶色の瞳に、引き寄せられる。

「え、まさか本当に知らないんですか？」

ほぼ叫ぶような声色だった。それで我に返る。

「知らない。ごめん」

「あんなに図書館に来てたのに？　誰もが知ってる古典名作ですよ？　小学生の

ときとか、中学生のときとか、人生で一度は読んでるでしょう」

大人しくしているときと絵のなかにいるみたいなのに、喋る姿を見ると、親戚の子どもを相手にしているのと似た親近感を覚える。僕はやっぱり保坂一花が好きだった。

「……有名すぎて読み忘れていたんです。そういうの、小説や映画に限らず、保坂さんにも一つくらいありませんか？」

「確かに私はこの年になっても『フォレスト・ガンプ』をまだ観ていませんけど、それとこれとは話が別です。アガサ・クリスティに謝ってください」

「ごめんなさい」

「私に赤レンガ倉庫でソフトクリームをおごって。そしたらアガサ・クリスティに代わって許してあげます」

「いまからアイスを食べるんですか？　でももう秋だし、食べ終えたら寒くなりそうだけど」

結局、彼女の要求通り、赤レンガ倉庫についてて早々、倉庫内の店でソフトクリームをひとつ購入した。

保坂さんは歩きながらアイスを食べ始める。赤レンガ倉庫からでると、すぐまた港のほうを目指す。港の水面すら見えないところで、彼女はもうアイスを食べ終えてしまった。

「寒いです」

「言いましたよね。僕、言いましたよね」

「これは早急に体を温めないといけません」

「ええと、なら、倉庫に引き返して……」

言い終えないうちに、保坂さんが軽く体当たりをしてきた。小突くというよりは、寄りかかってくるような動作に近かった。それでようやく彼女の意図を読み取った。

「私だって、誘われたらほいほいついていくわけじゃないんです」

「すみません」

「はい」

保坂さんの手を握り、ベンチのほうに先導する。僕が顔をのぞこうとすると、彼女はうつむいて、表情を隠してしまう。だけどちらりとのぞいた口元は笑みを浮かべてくれていて、それだけで十分だった。

二人で座り、また映画や本の話をした。そしてアガサ・クリスティで盛りあがった。

◆◆◆

電車に二〇分ほど揺られて、みなとみらい駅につく。地上にでてから橋を渡り、遊園地のコスモワールドを横目に進んでいく。対岸にアトラクションが分かれていて、少し面白い形になっている遊園地だ。

橋を渡った先にあるジェットコースターは稼働していない。平日なので人がいないのか、もしくは点検中のほうか。何度か一花と来たことがあるが、ほとんどが前者だった。観覧車の中心部分には大きなデジタル時計が設置されている。もうすぐ昼時だった。

赤レンガが見えてくるところで道を外れ、港沿いに進む。そのうち足元が木製のデッキになる。手すりごしから見る水面は、それほどきれいに太陽を反射していなかった。

赤レンガ倉庫の真裏まで着き、近くのベンチを探した。『そして誰もいなくなった』について、もっとも長く語り合ったのはベンチに座ってからだ。

海を向いたベンチは等間隔に並んでいて、どのベンチに座ったのかまでは正確に覚えていなかった。握った彼女の手の感触とぬくもりに、記憶が占領されてしまっている。

近いベンチから順番に座ってみることにした。座った場所から見える景色に、手がかりが隠されているのではないかと思い、目を凝らす。どこまでも澄んだ青と、一目見ただけでは描けないような複雑な形をした雲がいくつか、それから水平線へ遠ざかっていく客船が一隻だけ。

海風が頬にはりつく。一花とやってきたときも同じ秋だった気がするのに、いまのほうがずっと寒く感じた。二つ目のベンチに座って、周りにひとがいないことを確認したあと、かがんで下をのぞく。何もなかった。

次のベンチに移動して、同じようにかがんでのぞくと、小さなクリアファイルが張り付けられていた。

クリアファイルのなかには、朝、配達員から受け取ったのと同じはがきサイズの封筒が入っていた。ファイルはガムテープで頑丈に固定されている。おまけに画びょうで四方を留めてもいた。これで間違いなかった。

画びょうとガムテープをゆっくりはがしていく。途中でかがんでいる態勢がきつくなり、最後は乱暴にファイルをはぎ取った。
ファイルのなかから封筒を抜く。入っていたのはメッセージではなく、次の手がかりを示すための新たな問題だった。便せんとポストカードが一枚ずつ入っていて、便せんのほうには彼女からの一言が添えられていた。

いつも、この場所のことを思い出して、くすぐったいような心地になります。旅は始まったばかり。頑張って。

封入されていたもう一枚のポストカードのほうには、次の問題文が書かれていた。

第二問：
写真のその子に会いにいってきてください。
きみなら大丈夫。きっとできる。

ポストカードをひっくり返すと、一匹の猫の写真が印刷されていた。背景が白いシンプルな写真。カードのなかに突然迷い込み、どうしていいかわからないままそこに座っているかのような姿だった。白と茶色がバランスよく体に配分されていて、シャープで美しく、簡単に抱きあげられそうだった。たったひとつだけ、違和感があるのは、その猫の尻尾《しっぽ》が赤く塗られていることだ。後から足された加工。マジックペンで尻尾が赤く塗られていることに、何か意味があるのだろうか。

ふと、眺めているカードに影がさし、見上げるとランニング姿の男性が立っていた。余分な脂肪がそぎ落とされていて、カードのなかの猫みたいにシャープな体つきだった。互いを見つめあう数秒の時間が流れ、やがて男性が口を開いた。

「その手紙の持ち主ですか？」

「失礼ですが、あなたは」

「僕は毎日、ここでランニングしているものです。港の風景が好きで。このベンチの下に、それが張り付けられているのをずっと前から知っていました。誰がこれを取りに来るのか、ずっと気になっていたんです」

「そうだったんですね」

「残していった人は知りません。でも、何かの事情があるのだと考えています」

丁寧な口調だった。その裏で、僕を警戒しているのがわかった。

「もしあなたがその手紙と無関係で、たまたま見つけたのだとしたら、戻すべきだと話そうとしていました」

なるほど、彼は善意の守衛をしていたのだとわかった。橋本さんのときのように、言葉につまずいたりしないよう、返事の前に一度短く、呼吸を置いた。

「この手紙は、自分のものだと思います。ここに手紙を遺《のこ》したのは、元婚約者です。亡くなる前に、僕のために遺してくれたものだと思います」

「なるほど、そんな理由が。ずっと謎だった手紙の正体が、これでわかりました」

「お騒がせして、すみません」

「こちらこそ。あ、それからもうひとつ聞いてもいいですか？　ときどきここに座って、手紙が残されてるのを確認しにきていた女性とも、知り合いだったのでしょうか」

「女性？」

「ここにくるんです。曜日は決まっていませんが、二週間に一度くらい、このベンチの下をのぞく女性がいました。つい数日前も。あなたの知り合いでは？」

誰だろうか。女性。一花が友人や知人の誰かに、見張りを頼んでいたのかもしれない。勤務先だった図書館の職員の、誰かだろうか。ありえそうだ。

「ちなみにどんな特徴の女性ですか」

「髪は黒いときもあれば、染めているときも。最近はこれくらいの長さで、少し癖っ毛があって、茶色でした。身長は私の肩くらい」

男性が思いつく限りの特徴を説明していく。癖っ毛のある茶色の髪というのは、一花の髪型に近いが、彼女はもうこの世にいない。

「とにかく、失礼しました。あなたのであればいいんです」

男性は去っていった。僕はカードのなかの猫に再び意識を戻した。いまは問題に集中することにする。尻尾の赤い猫の秘密を解き明かさなければいけない。

彼女と、猫にまつわる記憶は何かなかったか、たどりはじめる。猫。赤い尾をした猫。どこかで会っただろうか。一花と猫を結びつけるような思い出はあっただろうか。

集中する。仕事をするように集中する。彼女は決して、適当に問題を放置したりはしない。ベンチの下に隠したければ、雨風をしのげるようファイルに入れておくし、ガムテープや画びょうを使ってしっかりと固定もする。そんな用意周到な一花が、気分屋で居場所をつかむのもままならない猫に、手がかりを託すのは矛盾がある気がしてきた。

猫が、他の物を意味しているとしたらどうだろう。

たとえば、本物の生きた猫ではなく、置き物や人形のことを指しているとか。

それはどこかに飾られていて、居場所が変わることは絶対にない。赤色と尻尾も、何か別の、違う言葉を指している暗号である可能性もある。

そこまで考えて——。

「なるほど」

ようやくひとつだけ思い当たり、足がまた、自然と動きだした。

◆◆◆

「風邪ひくよ」

目が覚めたとき、横で寝ていた彼女の姿がなかった。帰ってしまったのかと思い、あたりを見回す。

一花は裸のまま、デスク横に置いてある、空になった水槽を眺めていた。一人分のスペースが空いた不自然なバランスのベッドから、昨日の夜の間に脱ぎ散らかされた服を取り、彼女に投げてやる。

「おはよ」受け取った一花が言った。

「何か食べる？　冷蔵庫に少しあまりものがあった気がする」

「ううん。いらない」

「早く着なよ。風邪ひくよ」

「別に死ぬわけじゃないし」

ぶつぶつと文句を言いながら、服を着ていく。その間も、一花の視線は空になった水槽から離れなかった。興味があるみたいだったので、打ち明けることにした。ひとに自分の飼っている魚に関するエピソードを話すのはこれが初めてだった。

「ナンヨウハギを飼っていたんだけど、引っ越しのタイミングで亡くなっちゃったんだ。まだ片付けずにそのままにしてある」

「ナンヨウハギって？」

「ほら、あの青いやつ。アニメの映画にでてきた」

「ああ！　かわいいもんね。影響されても無理はない」

「違う。僕は別に映画に影響されたわけじゃない。映画が公開されるずっと前からナンヨウハギを飼い続けているんだ。勘違いしないでくれ」

「わかったわかった。もう、きみはねちっこいな」

呆れたような笑いを返してくる。僕はめげずに、ナンヨウハギを飼うきっかけを話すことにした。

「小学校のころにクラスで自分だけアサガオを枯らしてしまった。それがなんというか、ずっと心残りだった」

「それで？」

「小学校を卒業するころにナンヨウハギに出会って、色がそっくりだったから、罪滅ぼしのために飼い始めた」

「じゃあ、次もナンヨウハギを？」

「そのつもりだけど」

「いいね。泳いでるのを見てみたい」

「時間ができたら熱帯魚店を探すよ」

「今日でいいじゃない。これから行こうよ。休みだし」

「でも今日は動物園に行きたいって言ってたじゃないか」

彼女と一夜を共にする口実でしかなかったけど、昨日、一花が泊まりにきたのも元々はそれが理由だった。僕のマンションから出発したほうが目的の動物園に近かった。

「いいの。もうナンヨウハギの気分なの。ほら、アゲハに会いにいくよ」

「名前まで決まってるのか」

決めたあとの彼女は早い。付き合ってから、毎日それを実感する。そして今日の一花も、さっそく携帯で近くの熱帯魚店を探し始めた。歩ける距離にひとつ、店があった。

「ほら、早く服着て。風邪ひくよ」

僕をベッドから引っ張り起こし、着せ替え人形みたいに服を着せてくる。距離の近さに乗じてそのまま抱きしめて、ベッドに一緒に倒れると怒られた。

「あときみね、こまめにゴミは捨てなね。また溜まってきてるよ」

「掃除ができないわけじゃないんだけど、気づいたら増えるんだ。捨てようと思うと、収集日が過ぎて、また来週、ってなる」

「博人くんは、他人のためには動けるけど、自分のためだとあまり動けない人間だよね。さあ、またわたしに説教をくらいたくなかったら、早く外出の準備をして」

三〇分もかからないうちに準備を終えて、外にでる。マップを見ながら進む。飼うなら、砂利とカルキ抜きもそろえないといけない。頭のなかで買う物を整理する。

たどりついた熱帯魚店は、いつも通る商店街の裏通りにあった。住んでいる町なのに、これまで一度も通ったことのない道で、熱帯魚の店があるのも初めて知った。

屋根部分に掲げられた看板には『熱帯魚店　からふる』とある。外壁に張り付けられた商品ポスターの多さから、商品も豊富に取りそろえてありそうだった。品揃えがよければ、行きつけにしてもいいかもしれない。

店内に入ると、熱帯魚一色の世界に変わる。通路を進んだつきあたりにレジがあり、左右の壁に沿って、水槽が何段にも積み重なっている。よく見ると、行き止まりだと思っていたレジの左手にはさらに通路が続いていた。

水槽で泳ぐ大小色とりどりの魚を、一花は興味深そうに見つめていく。一つの水槽も素通りすることがなく、ナンヨウハギまでは遠そうだった。

「これはなんていう魚？」

「カージナルテトラ、と書いてあるね」

「こっちも可愛い。なんていうの？」

「コリドラス・アークアトゥス、と書いてあるね」

一種類ずつ事細かに紹介していければ格好良かったが、あいにく僕は、熱帯魚に関してはナンヨウハギしか知らなかった。熱帯魚を購入するときもほかの魚には目もくれず、店員さんにナンヨウハギの場所を聞くことが常だった。

一花がすっかりほかの魚に夢中になっているようだったので、今回もそうすることにした。水槽の手入れの途中だった女性の店員に声をかける。店内は彼女だけのようだった。黒ぶちの眼鏡に、後ろに束ねた長い黒髪。胸元のネームプレートには「円谷《つぶらや》」とあった。

「ナンヨウハギを探しているのですが」

「はい。ご案内します」

女性店員の円谷さんは表情をほぼ変えず、機械的にナンヨウハギの水槽へ案内してくれた。歩くときの姿勢がよかった。受け答えも、干渉しすぎず、離れすぎない、僕にとっては気持ちのいい接客だった。

案内された水槽には八匹ほどのナンヨウハギが泳いでいた。水草の手入れも行き届いている。眺めていると一花がようやく追いついてきた。

「どれがいいと思う？」僕が訊いた。

「わたしが選んでいいの」

「名前を決めたのはきみだろう。さあ選んで」

一花は自分に託された使命をかみしめるように、真剣に吟味を始めた。一匹いっぴきの行動や泳ぎ方を、専門家みたいに観察していく。

やがて指さしたのは、ほかのナンヨウハギと比べて、尾びれが少しだけ欠けている子だった。だが彼女が先んじてつけたアゲハという名前に劣らないほど、体は鮮やかな青色をしていた。

「わかった。この子にしよう」

喜びを表現したかったのか、一花は手を握ってきた。店員の円谷さんと目が合って、気まずいものでも見たみたいに視線をそらされた。

一花は水槽のなかに入れる置物も一緒に買おうと言いだした。こだわりはなかったので、置き物が並ぶ棚から好きに選ばせた。彼女が気に入ったのは、一体のモアイ像の置物だった。絶妙なセンスだったが、一緒に購入することにした。

レジに向かう前に、一花はもう一つの水槽に関心を示して、足をとめた。

「この子も可愛いよ。ほら、ナマズみたい。一緒に飼えないかな」

「その子は、ナンヨウハギと一緒だと少し危ないかもしれません」円谷さんが答えた。

一花の言うとおり、形はナマズに近かった。水槽の隅の底でじっとしている。プレートの説明書きを読むと、体長は最大で百センチを超えると書いてあった。確かにこれだと、ナンヨウハギは一口で消えてしまう。

「そっか。なら仕方ないね。ところでこの子の名前は？」一花が訊いてくる。

僕はプレートに書かれた名前を読みあげてやった。一見すると魚とは思えない、なんとも洒落《しゃれ》た名前の子だった。

「レッドテールキャット、だってさ」

◆◆◆

最寄りの駅に戻ってくる頃には夕方になっていた。商店街の通りを進み、いくつかある十字路のうち目印となる八百屋を見つけたところで、通りから一本外れる。裏通りを進んだ先には、変わらず『熱帯魚店　からふる』があった。

レッドテールキャット。直訳で「赤い尾の猫」。あの手がかりは、猫との思い出ではなく、魚との思い出のことを指していた。

久しぶりに来たが、外観にほとんど変化はない。唯一の変化は、入り口が自動ドアに変わっていたことだった。

「いらっしゃいませ」

水槽の手入れをしていた店員が入店に気づき、挨拶してくる。何かの因果か、店員はあの円谷さんだった。

彼女は変わらず黒ぶちの眼鏡をかけ、長い黒髪を後ろにたばねた格好をしていた。過去が円谷さんだけを切り取り、ここに持ってきたかのような印象だ。

円谷さんは僕の顔を見ると、あ、と小さく声をあげて、近づこうとした足をとめた。常連客だった僕に気づいたというリアクションなのか、それとも顔色におびえたのか、どちらかはわからない。殺人鬼だという噂が、商店街にも広まっているのかもしれない。

「ナンヨウハギは元気ですか?」彼女が訊いてくる。

「ええ、おかげさまで」

一花が亡くなってからは、アゲハの飼育に必要な餌や消耗品はすべてネット注文で済ませてしまっていたので、ここにはしばらく来ていなかった。休日、一花との散歩中に訪れたときついでに餌を買うということにしていたが、その習慣は彼女と共に棺桶のなかに眠ってしまっていた。

「また新しいナンヨウハギをお探しですか？」

「いえ、今回はレッドテールキャットを」

答えた瞬間、円谷さんの体がわずかに震えた。表情は変えなかったが、動きが少ない人にとっては、そのわずかな震えさえも大きなリアクションになる。レッドテールキャット。どうやら彼女は、一花から何か聞いていたらしい。

「手がかりを探しにきたんですね」

「やっぱりあなたも知っているんですか」

一花が病を患っていたことを、亡くなるずっと前から知っていたひとがいる。その数はきっと、僕が予想していたよりも多いのだろう。

円谷さんは僕を店内の奥へと案内した。そこはサイズの大きな魚が飼育されている水槽のコーナーになっている。三段ある水槽の棚のうち、一番下の棚にある水槽の一つに、レッドテールキャットはいた。形はナマズに似ている。サイズは四〇センチほど。あのときの個体とはもちろん違うが、相変わらず水槽の底でじっとしている。軽く指を顔の前に持っていくと、嫌がって離れてしまった。

この水槽のどこかに封筒が隠されているはずだ。ベンチを探っていたときと同じ要領で、今度は床との隙間に手を差し入れ、水槽の底を探ってみた。するとすぐに、張り付けられている紙の感触があった。レッドテールキャットが水の底にいるから、封筒も底に、という趣向だろうか。それほど頑丈には固定されておらず、軽い力ですぐにはがすことができた。手元に持ってきて、確かにそれが一花の遺した封筒であることを確認する。

「去年の四月ごろ、奥さんがここにこられました」円谷さんが言った。

その時期であれば、一花が亡くなるわずか二か月ほど前だ。

「手紙を置かせてほしいと頼まれました」

円谷さんは淡々と説明してくる。迷惑そうな口調とも、こちらを憐れむような口調とも違っていた。どちらかといえば、渡されたものをきちんと届けることができるか、緊張していたように見えた。

「奥さんでは、ないんです。結婚はできなかった」僕は答えた。

「そうですか」

「一花はほかに何か言っていましたか」

「いえ、なにも」
封筒を開けて、なかに入っているカードを取りだすと、円谷さんが僕の横から一緒にのぞいてくる。大人しい子かと思っていたら、意外と好奇心も強いようだ。驚いたが気にしないフリをした。一花の計画に協力していたなら、彼女にも中身を確認する権利はあると思ったからだ。
便せんとポストカードが一枚ずつ封入されている。便せんにはこれまでの二通と同じように、彼女からの一言が添えられている。

ひとつだけ、戻せる時間があるなら、私はきみとここで魚を見ていた時間を選ぶかもしれません。

そしてもう一枚のポストカードには、次の問題文が書かれている。

第三問：
川に一つあり、森と池にも一つ。上にも一つ、最後に西にも一つ。
私は何でしょう？

きみなら大丈夫。きっとできる。

例の如く、また謎かけだった。ミステリが好きというよりは、ただ僕を困らせたいだけのような気がする。二問目以上にさっぱりわからない問題だ。

川や森、池に一つずつあり、さらに方向の上と方角の西まで指している。いったい何のことなのか。川や森、池にあるものを想像する。水や木、岩、あとは苔。どれもピンとこない。三つの共通点をクリアしたとしても、上と西が何を示しているのかは不明だ。

何か地図にあてはめて考えるべきだろうか。どこか特定のエリアの周辺に、これらの条件をすべて満たす場所があるとか。そしてそこは、一花や僕とも、縁のある場所。

ここで考え始めてしまうのは良くないと思った。いつまでも長居し、店の営業を邪魔するわけにはいかない。

「どうもありがとう。今度から、また買いに来るようにします」

「水族館です」

「え？」

円谷さんの言葉に足を止めて、思わず振り向く。近づこうとすると、同じ距離だけ円谷さんは離れてしまう。本当に殺人鬼として疑われている可能性を考えるべきかもしれない。

「どうして『水族館』なんですか？　教えてほしい」

今度はトーンを落として訴えた。カードに描かれていた、あの猫に話しかけるような気分だった。円谷さんは一拍置いて、ようやく警戒を解き、説明を始めた。

「東京都にある水族館のことを指してるのだと思います。問題にある漢字一文字は、きっと最寄駅の駅名から取っているはずです。川は品川で、そこには『アクアパーク品川』という名前の水族館があります。森は京急大森海岸駅。『しながわ水族館』があります」

「池と上、それから西は？」

「池袋駅の『サンシャイン水族館』、押上駅の『すみだ水族館』、葛西臨海公園駅の『東京都葛西臨海水族園』です。ちなみに問題は東京都に限定していましたけど、厳密には小笠原諸島にある水産センターも魚の見学ができます。あとは吉祥寺にも『井の頭自然文化園水生物館』がありますね。その二つは、一花さんのなかでは水族館として認定はされていなかったみたいです。ちなみに神奈川に範囲を広げるなら、八景島シーパラダイスの水族館、それに新江ノ島水族館、閉館した油壺マリンパーク、あとは……」

「待ってください。なんでそんなに詳しいんですか？」

「私、水族館には週四で通うんです。問題にあった水族館はほとんど年パスを持ってます」

問題を読み返す。川、森、池、上、西。それぞれに一つずつあるもの。彼女の言うとおり、水族館で間違いなさそうだった。そして水族館と言われれば、僕と彼女には、確かな思い出が存在する。

私は何？　その答えは、僕の記憶のなかにある。

「葛西臨海公園の水族館が、一花のお気に入りだった。あそこには特別な」

「マグロの回遊スペースがあります。日本でマグロの回遊が見られる数少ない水族館の一つです」

そうだ。二時間以上もあの回遊スペースにいた。飽きずにずっと眺めていた。葛西臨海公園は、彼女とピクニックをした場所だ。忘れるものか。僕はそこで、彼女にプロポーズをしたのだ。一花の書いたとおり、絶対に外せない場所。

すごくベタなプロポーズ。観覧車の頂上で婚約指輪をだす予定だった。だが乗り込んですぐ、彼女が僕のカバンから指輪を見つけてしまったのだ。雰囲気は壊れてしまったけれど、一花は喜んでくれた。

振り払うように、一度、目を閉じる。これ以上、思い出さないように願っていると、めまいがした。耳が遠くなる。息が上手く吸えない。とうとう立っていられなくなり、その場で膝をついてしまう。さっきまで距離を取っていた円谷さんが近づき、様子をうかがってきた。

「大丈夫ですか？」

「平気です。すみません。少し、このままにしてていいですか」

「ちゃんと食べてますか。睡眠は？　いったい何をしていたら、そんな顔色になるんですか」

大人しかった円谷さんの口調が、だんだんと責めるような声色になる。店に来てからずっと訊こうと思っていたことを、いま投げつけているような勢いだった。

一花の最後のメッセージを探すこの謎解きは、同時に過去の記憶をたどる旅でもある。それは、いつまでもこの時間が続いてほしいと思った、かけがえのない記憶の連続だ。

一花は僕に、思い出の場所をめぐらせようとしている。

今日、家をでて、わずか二か所を訪れただけでわかった。彼女と出会ってから、いかに僕の人生のなかに、一花という存在が占めていたのかを。その気になれば、家の前の横断歩道を見るだけでも、彼女との記憶がよみがえってくる。駅の改札口をくぐるだけでも、あの笑顔がよぎる。

それがいまの僕にはとても苦しい。

涙を流せない残酷な自分を、これから何度、見せつけられることになるのか。

そのたびに、自分が一花を本当に愛していたのか、自信がなくなっていく。

もしもこのメッセージ探しの旅が終わったとき、それでも自分に何の変化もなければ、一花にどうやって顔向けすればいいのか。一切の感情も、抱けなかったら？

「もう帰ります」

めまいが治まって立ち上がる。

「とりあえず、ありがとうございました。あなたのおかげで問題も解けた」

円谷さんに挨拶し、そのまま店をでようとした。

その瞬間、腕をつかまれ、強引に引き戻された。細身の彼女からは想像もできないような力だった。振り向くと、さっきよりずっと近くに円谷さんの顔があった。僕のリアクションとは反対に、彼女は距離の近さにまったく動じていなかった。

「諦めるんですか？」

「え」

「諦めるんですかと、聞いてるんです。一花さんのメッセージ探し。ここでやめるつもりなんですか？」

「……あなたには、関係ないでしょう」

「どうしてやめるんですか？」

どうしてやめるのか。一花が遺した最後の言葉。それを解き明かす資格があるのは、きっと僕だ。それでもやめようとしているのは、なぜなのか。

わかっている。このままじゃ良くないことくらい、わかっている。

気づけば僕は、無関係だったはずの、熱帯魚店の店員である彼女の質問に、素直に答えてしまっていた。心のなかで、何度も叫んだその思いを。

「一花はきっと僕を立ち直らせようとしている。こうして外に連れ出して、導いてくれようとしている。だけど自信がない。最後のメッセージを見つけたとき、僕はちゃんと立ち直ることができているかわからない。がっかりさせたくない」

彼女の願ったとおりに僕がなれなかったら。

それを想像すると、とても怖かった。

「スリープしたパソコンのモニターに、自分の顔が映るときがある。目が合って、そこで泣いてみるんだ。悲しんだ顔をしてみる。そうすると、気持ちも悲しくなっていくかなと思って。でも、涙がでてこない。彼女のために、まだ一滴の涙さえ流せていない。僕はきっと、一花の願う姿にはなれないんです」

円谷さんは、僕の腕から手を離さず、こう返してきた。

「恋人の一花さんは、そういう気持ちを抱いてもらうために、あなたに今回の謎解きを遺したんですか？　思い出の場所をたどらせて、あなたに自分が残酷な人間だと自覚させる、そんなことのために手紙を送ったんですか？」

「違う。違います。そんなことはしない」

「乗り越えてほしいからじゃないんですか。一花さんは、あなたなら探し切れると信じているんじゃないんですか」

僕はそれに答えられず、一瞬の間が空く。僕と円谷さんしかいない店内。まわりを囲う水槽からは、酸素のポンプが稼働する音と、泡が水面ではじける音だけが聞こえる。

僕の知らないところで、きっと一花は合間を縫って時間を見つけて、ずっと準備してきたのだろう。

思考を途切れさせるように、円谷さんがまた口を開いた。いままでの彼女の言葉が僕の肩を揺さぶる程度のものだとするなら、今度の言葉にはビンタをくらうような衝撃があった。

「私が一緒に行きます」

「な、なにを」

「次の目的地は水族館でしょう? それなら週四回通う私がついていけば、心強いんじゃないんですか。もしもあなたがいまみたいにまた倒れかけたとき、起こしてくれる誰かがほしくないですか?」

いま決めろ。円谷さんの瞳はそう語っていた。子どもが宝物にしているビー玉みたいな瞳。純粋で、にごりがなく、意志の強い瞳。彼女の眼に宿っているのも、一花のものと同じだった。

「わからない。あなたはどうしてそこまで」

先が続けられなくなる。彼女はどうしてそこまで、僕のことを考えてくれるのだろう。ただの店員と客の関係であるはずなのに、どうして僕と一花のことを、そこまで気にかけてくれるのだろう。

「毎月のようにやってくるお二人を見てました。だから私は……」

円谷さんはその先を続けようとしなかった。酸素を求める魚みたいに口だけが開いて、言葉がでてこない様子だった。大人しく待っていると、仕切り直すように、言ってきた。

「だから私は、役に立ちます」

「気持ちは嬉しいけど、これは僕と彼女の問題です。それに店の仕事もあるでしょう。一緒に探す時間なんて」

「明日の朝一〇時、そこの駅の改札口で」

一方的に言い残し、円谷さんは僕に背を向けて、店の奥へと消えてしまった。こうと決めたら譲らない。気づくと彼女のそんな姿にまた、僕は一花の影を見てしまっている。

夢を見ていた。

部屋中に音が響いていた。ぶー、ぶー、と規則的なサイレン。警告音のようにも聞こえた。不安をあおってくる音。急かされ、動揺を誘ってくる音。動かなければ手遅れになる音。

僕は二階に駆け上がり、寝室の扉を開ける。いつも使っていたベッドが病院のものに変わっていて、そこに一花が寝ていた。警告音は一花の右横にある機械から鳴り響いていた。機械の画面からは彼女の脈拍がわかるようになっていて、こうしてみている間にも、数値が徐々に落ちていく。

「一花。だめだ、起きてくれ」

「博人くん。なんだか少し暑いね。アイスが食べたいな。買ってきてくれない？」

できない。それで僕が部屋を離れたら、きみはいなくなってしまう。

同じ過ちは繰り返さない。僕は彼女の症状をおさえる薬を探し始める。そう、入院する前に渡されたものがあったはずだ。どこかにあるはずなんだ。

リビング、トイレ、浴室、廊下、玄関、あらゆるところを探しまわる。だけど見つからない。病がわかってからも、彼女は薬を飲むところを、僕の前で見せることはあまりなかった。目につくところには絶対に置かず、自分にしかわからない場所に隠してしまうのだ。

寝室に戻ろうとしたところで、つまずいて、派手に床に転倒する。その間も警告音は鳴りやまない。ぶー、ぶー、ぶー、と一花の危機を知らせる。

僕はどうすることもできない。救うことができない。階段をのぼろうとする足が、いつまでも滑り続ける。彼女に会えない。ぶー、ぶー、ぶー。

パニックになって。

うずくまり、耳をふさいで。

そしてようやく、目が覚めた。

明かりの消えたリビング。ソファから見える天井はいつもの場所にシミがある。外から差し込む朝日が、カーテンを通過して弱い光になり、部屋を満たしていた。

夢のなかで響いていた警告音は、携帯の目ざましアラームだった。

目ざましをとめたあと、喉がひどく渇いていることに気づいた。台所に移動し、冷蔵庫を開けるが飲み物はなかった。

シンクのなかの、いまにもあふれそうな食器の山の間にコップをさしこんで、なんとか蛇口まで届かせる。一杯分のぬるい水を一気に喉まで流し込むと、気管に入ってしまい、そのまま咳が止まらなくなった。最後はほぼ吐くような格好になる。昨日の食べ物はすでに消化され、でてきたのが胃液だけだったのはせめてもの救いだった。

台所の床でそのままうずくまり、体が落ち着くのを待った。吐き気とめまいが、自分の体から液体となって床に漏れだしていくのを想像する。そうすると、少し楽になった。

携帯のアラームはいつもセットしていない。

それなのに、今日はどうして鳴ったのか。

『明日の朝一〇時、そこの駅の改札口で』

魚が跳ねるみたいに、円谷さんの声と顔がすぐに記憶の底からとびだしてきて、なるほど、と納得がいった。思い出した。待ち合わせをしていたのだ。

本当は無視することもできた。だけどアラームをかける気になったのは、きっ
と、円谷さんのあのときの態度が、強く印象に残ったからだ。

「え？」

床に一滴、水が垂れた。まさかと思い、おそるおそる頰をなでると、湿ってい

た。いままで、一度も出なかった涙だった。たった一滴。ほんのわずか。それでも、確かに、体からでた。もしかしたらそれは気のせいで、持っていたコップからこぼれた水道水かもしれない。でも、それでも。

気づけば立ち上がり、着替えを探していた。

幕間　保坂一花が遺したもの①

図書返却窓口にやってきた男性を見て、あ、と声をあげる。ここ最近よく姿を見るようになり、会話も何度かした人で、苗字だけは知っている。桐山さん。

向こうも私に気づき会釈をしてきた。律儀なひとだ。自分に自信がなさそうなところや、控え目でがつがつしていない態度は、接していて安心する。だけど猫背は直したほうがいい。

「どうも」

「こんにちは、今回は何を借りてたんですか?」

「いろいろ。時間つぶしに」

うちの図書館は、館内のポストを使って本を返却することもできるが、桐山さんはわざわざいつもカウンターで返却を済ませてくれる。彼の返そうとしたミステリ小説に私がつい口をはさみ、そこで会話が盛り上がったことが何度かあった。

桐山さんが借りた本は五冊で、どれも小説だった。私がおすすめした作家の本も入っていて、嬉しかった。一冊ずつ、一応ページをめくり、落丁や落書き、汚れがないかをチェックすることになっている。問題なければバーコードを通して返却手続きの完了だ。

最後の五冊目を処理しようとしたところで、思わず手が止まった。

『鏡の国のアリス』

彼をよく知っているわけじゃないけど、児童書を借りたのは初めてかもしれなかった。めずらしい。ページをめくり、たまにあらわれる挿絵に興味をそそられながらチェックしていく。問題はなさそうだったので、バーコードを通そうとした。そのときだった。

「あの、すみません」彼が言った。

「なんですか？」

「えっと、もう一回、よくチェックしてみるといいかもしれません」

「どうして？」

「もしかしたら、コーヒーをこぼしたかもしれなくて」

気がかりな発言だったので、申し出通りもう一度チェックすることにした。桐山さんは決して目を合わせようとせず、私の後ろの壁にかかっているスイレンの絵に視線を逃がしている。ますます怪しい。

そして気づいた。

真ん中のページあたりに、一枚のメモが挟まれていることを。

メモには、彼の名前と電話番号。携帯のアドレスが書かれていた。思わず顔を上げるが、そこにもう彼はいなかった。

「どうしたの一花、手、とまってるよ」

「あ、ごめん」

同僚の律子《りつこ》がやってきて、あわててメモを隠した。利用者さんとの個人的なやりとりは、本当はあまり良いことではない。動作が少し極端だったので、気づかれたかもと思ったが、律子は自分の枝毛を処理するのに夢中で、こちらから視線をそらしてくれていた。

家に帰り、取っておいたメモを取りだす。

正直どきどきした。こんなこと、できるひとだったのか。なんだかイメージが少し変わった。大人しくて、青春をこじらせたまま成人になったような人かと思ってたのに。けど、どうしよう。もしも返事して、それが職場にばれたらまずいことになる。

「……一度くらいなら」

そうして書かれたアドレスにメールを打った。これが桐山博人との出会いだった。

そのあと、最初のデートで私は彼と付き合うことになった。二年後には、観覧車でとびきりベタなプロポーズをしてもらった。


彼と再び図書館で話したのは、私が自分の病を一方的に告げたときだった。私は彼からもらった婚約指輪を返そうとしたが、彼はそれを拒んだ。自分のためではなく、私のためだった。私たちのためだった。

「この指輪はきみに預ける。きみが家に帰ってきたとき、僕に返してくれ。これが返ってきたら、そのときまた、結婚の話を再開させよう」

普段はもの静かで、あまり自分というものを主張しないひとなのに、このときの言葉はとても強かった。

「婚約を解消するからって、いなくなってなんかやらない。きみのそばにいる。嫌といわれても、いくらだって抱きしめてやる」

彼はそう答えてくれた。ねえ、私がそれで、どれだけ救われたと思う?

涙がこぼれるのがおさえられなくなり、私は適当な言い訳をして席を立った。歩くたびに彼から遠のいていく感覚が、怖くて、痛くて、たまらなかった。

恋が自分のためにするものなら。

愛はきっと、相手のために抱くものだ。

自分の願いをかなえるためにある恋と、相手の願いをかなえるためにある愛。そういうものが両方、私のなかで息づいてきた。けれどいま、心を占めているのは愛のほうだと思う。愛というものには実体があって、私はいま、それに直に触れている。

彼の言葉は嬉しかった。だけど同時に、博人くんが脆い存在であることを、私はあらためて実感した。彼はきっと、私がいなくなったあとのことを想像していない。できていない。いなくなろうとしている私自身が、受け入れろというのは、しかし酷だ。

限られた時間のなかで私にできること。

具体的に何をすればいいかは思いついていない。だけどこれから考えよう。仕事も辞めた。入院中、時間はたっぷりある。

悩みぬいて、「謎解き」を用意することに決めた。

私がいなくなったあとの彼を想像し、きっと、家に引きこもるのだろうなと思った。仕事自体も在宅でできてしまうものだし、リビングもきっと散らかり放題になる。外に連れ出すための何かが必要で、そのきっかけを遺すべきだと思った。

彼はどうしたら外にでてくれるか。私がメッセージを遺したと伝えれば、彼は見つけようとしてくれるはず。それを見つける旅にしよう。

荒療治になるけど、たどる場所は、私と博人くんにまつわる思い出の場所がいい。肝心のメッセージの内容も考えながら、思い出の場所をまずは洗いだしていくことにした。病室は息がつまるので、屋上の庭園を利用する。

ノートにリストを書き入れていると、のぞきこんでくる顔と声があった。

「何書いてるの？」

「おわ、わ、ちょ、おおい」

気づくと博人くんがきていた。あわててノートを隠す。

「別になんでもないから。ていうかいるんなら言ってよ」

彼は検査があるから呼びにきたのだという。危なかった。始める前から台無しになるところだった。

計画を練るときは、博人くんの存在にも気をつけないといけない。ノートの存在も絶対にばれてはいけない。これからは、肝に銘じておくことにする。

第二章

肩掛けのカバンに一花の手紙をいれる。一番新しいものと、一応、これまでの二通も一緒に。出かけるときは手放さずにいようと思う。

玄関前にある姿見で立ち止まる。上着の片方の襟にどうしても不自然なシワができてしまっていたが、アイロンがけが僕にはできなかった。そしてこれでもう、僕には明日から着られる服がない。あとはすべてリビングの床や、洗濯かごのなかに放置されてしまっている。

時間ぎりぎりだったので、家をでる。左の通りを使えば駅までは近道だ。しかし主婦サミットが開かれる十字路を通らなければならない。右を使えば主婦たちに姿を見かけられて、話題の種にされることはないものの、駅までは遠回りで時間もかかる。

結局、待ち合わせに遅れる罪悪感が勝り、左を選んだ。時間もまだ午前中だったし、そもそも開催されていない可能性もある。しかし案の定、通りの向こうで、主婦四人が集まって雑談しているのがすぐに見えた。昨日話をした橋本さんもそのなかにいた。残りは顔に見覚えがあるが、名前はでてこない。

広い道路でもないので、すぐに向こうも僕に気づく。四人が会釈をしてきたので、それと同じか小さいくらいの会釈を返した。

そのまま通り過ぎようとしたとき、会話が耳に入ってくる。わざとじゃないかとさえ思うほどの声の大きさの主婦もいた。

「ねえ桐山さんにも教えてあげるべきじゃ」

「何言ってるの。不謹慎にもほどがあるわ」

「やっぱり見間違いかもしれないし」

「絶対間違いないってさっきまで言ってたくせに」

何の話をしているのかわからなかった。でもそれはとにかく、僕にも少なからず関係のあることで、気を遣われてもおかしくない話題であるらしい。なら話題は一つだ。

このまま通り過ぎても良かったが、自分のいないところで、彼女に変な評判がつくのは嫌だった。もしも何か妙な噂があるなら、彼女を一番知っている僕が訂正する義務があるはずだ。

「どうも」

足をとめて方向転換し、主婦サミットに乱入する。予期していなかったリアクションだったようで、四人がそのまま固まった。生贄《いけにえ》を差し出すみたいに、主婦たちはそろって橋本さんに視線を向けた。質問するならこのひとにお願いします。代表者はこの方です。裏切られた橋本さんは、口をぽかんと開けていた。

「おはようございます」僕は橋本さんに言う。

「え、ええ、おはよう」

昨日とは態度や立場が逆だと思った。今日は橋本さんのほうが、僕に話しかけられたくないようだった。自分の性格の歪みが嫌になるが、おかげで少し楽になった。

「何か話をされていませんでしたか？」

「つまらない話よ。こういうところでする話はだいたい中身がないものだから」

「盗み聞きするつもりはなかったんですが、僕の名前がでたような気がして」

「そうだったかしらね？　それにしてもいい天気。早く洗濯物が乾きそう」

「どんな話をしていたんですか？」

純粋な疑問でも、責めるような態度でもなく。その中間の、相手を傷つけず、おびえさせず、適度な親密度と緊張感を含ませて、僕はもう一度聞く。

「よければ僕にも教えていただけませんか」

数秒の沈黙があって（この間に主婦のひとりが用事があると言ってサミットから退席していった）、うつむきかけていた橋本さんの顔があがり、こちらの様子をうかがいながらつぶやいた。

「見たっていうひとが」

「見た？　見たって何を？」

「ねえ、やっぱりやめましょう。ありえない話だし、あなたをからかっているとか、傷つけようとしているとか、思われたくないの」

橋本さんは首を横に振る。ここでサミットからまた一人、退散する。仕方がないので、ここは橋本さんが逃げられるための言い訳を用意することにした。

「責めないと約束しますから。どうか教えて」

「……じゃあ答えるけど、見たのは一花さんよ」

僕の名前が話題にでたのだから。

彼女の名前もどこかでていたのだと思っていた。

だけどそれは、想定した内容とは、だいぶずれたものだった。

リアクションに困り、すぐには返事できずにいる間、主婦がまた一人、退席する。これで橋本さんと二人きり。橋本さんは友人たちが去っていった通りの向こうに一度目をやったあと、再び向き直り、弁解するように続けた。声が少し小さくなっていた。

「見たのはさっきまでいた下北さんと、代永さん、それから一応、私も」

「見たって、どういうことですか？」

「歩いていた。下北さんは商店街で、代永さんはひとつ隣の駅のデパートで、私は、この近くの住宅街で」

死者は歩いたりしない。一花の好きなミステリ小説のなかではそういう展開がありえるかもしれないが、ここは現実だ。

「ただの見間違いかもしれないし」

「でも、噂にはなってる」僕が補足した。

「本人ではなくても、そっくりだった。その、幽霊じゃないかって思うくらい」

「話しかけた人は？」

「いない。ごめんなさい」

話しかけられなかったことへの謝罪なのか、こんな話をしてしまったことへの謝罪なのかわからなかったけれど、どちらにしても怒りはわいてこなかった。

たんなる噂だからと、落ちついていられるのは救いである。信じるに足らない理由もある。彼女が幽霊になったのなら、一番にあらわれるのはきっと僕の目の前であるはずだから。

「私、そろそろ行くわね」

逃げるように去る橋本さんの背中を見送って、僕も駅に向かって進む。到着する前に、このことは忘れてしまおうと努力する。

待ち合わせの駅では、地上からエスカレーターをのぼった先にある改札前に、待ち合わせ場として広いウッドデッキがそなえつけられている。デッキの下を線路が通っているので、ガラス窓から、足元を通過する電車を眺めることができる。そこはたいてい子供たちの特等席だった。親同士がウッドデッキ内のベンチで雑談をしている光景も、合わせてよく見かける。そのベンチの一つに円谷さんは座っていた。

片手に店のロゴが入った包装紙につつまれたワッフルを持っていて、食事中のようだった。ワッフルの店はウッドデッキのすぐ横にある。僕はまだ一度も食べたことがない。

「お待たせしました」

ごくん、と音が聞こえてきそうなほどの飲み込みを見せて、円谷さんが素早く立ち上がる。その拍子に長い黒髪が少し乱れるが、軍隊の整列みたいに、一瞬のうちに元の位置にそろっていく。見とれる前に何かしゃべろうと思った。

「すみません、食事中に」

「こちらこそ。お見苦しいものをお見せしました。朝食、まだだったので」

「そこのワッフル、美味しいですか」

「黒毛和牛には負けるくらいですね」

その比較はワッフルが少し気の毒な気がした。

円谷さんはついでに飲み物が欲しいというので、改札横の売店でお茶を買うのにつきあった。買って二秒もしないうちに、キャップを開けて、豪快にお茶を飲む姿が面白かった。なるほど、マイペースなのだ。僕も似たような性質で、一花と出かけていたときはよくそれを指摘された。指摘されるといっても、注意というよりはいまの僕みたいに、面白がるような風だった。

円谷さんは半分まで飲み終えたお茶を手提げカバンのなかにいれる。布地のシンプルなカバンだった。続く彼女の質問も簡潔なものだった。

「乗り換えは少ないけど時間がかかるルートと、乗り換えは多いけどそのぶん早く着くルート、どちらがいいですか?」

「時間はそれほど気にしてません。のんびり行きましょう」

彼女のあとに続いて改札を抜ける。エスカレーターを降りてホームにつく。

円谷さんがどうして、僕についてきてくれようとしたのかはわからない。昨日のあの態度の豹変ぶりには、もっと詳しい説明を受けてもいいはずだった。

たとえば僕を助ける約束を一花としたとか、今のところはそういう予想を立てているが、確証はない。単に水族館に行くからついていきたかった、というだけかもしれない。真実を話すように自分から促すようなことはしたくなかったので、彼女が説明してくれるタイミングを待つことにする。

「レッドテールキャットは簡単にいうとナマズの仲間です。おもに夜行性であり、見た目の可愛さに反してけっこう攻撃的な面も持っていて。でも食べる時の口の開け方なんてすごく可愛いし、排泄物の量も多いから水槽の手入れも大変なんですけど、その面倒くささも逆に愛着がわくというか。あとは……」

魚の話だった。見事にずっと魚の話だけだった。思えば熱帯魚店の店員と客の関係なのだから、僕たちの共通点は魚くらいしかなく、当然と言えば当然なのかもしれない。もうひとつは一花という共通点があるが、円谷さんは意図的に彼女の話題は避けるようにしているようだった。

乗り換えのためにホームを移動している途中、円谷さんが言ってきた。

「すみません。しゃべりすぎでしたか」

「え？」

「ひとと会話するのが得意じゃないんです。特に男性とは。あまりこういう機会もないので、距離の測り方とか、話題の頻度とか、タイミングがわからなくて」

「僕も仕事はほとんど家で済ませてしまうから、人と直接関わる機会は少ないですよ」

「どんな仕事をしているんですか？」

「ＷＥＢエンジニアです。そのなかのコーディングっていう、インターネットのなかの建設作業員みたいなものをしてます。ＷＥＢサイトをひとつの家と例えるとわかりやすいと思います。家を建設したり、ときには修繕したりします」

「エンジニアに、コーディングですか。かっこいいですね」

「横文字の魔力ですよ。熱帯魚店員だってカッコ良くできる」

「たとえば？」

「トロピカルフィッシュストアスタッフ」

円谷さんが小さく笑みを浮かべた。表情の変化を今日、初めて見た気がした。

ぜんぜんカッコ良くない、とつぶやく。僕もそう思った。

「小さい頃から魚が好きだったので、海の生き物に関われるような仕事につきたいと思ってたんです。一応、海洋系の大学も出たんですが、就職活動が上手くいかず、結局あのお店に勤めています」

「いつかは別の職業に？」

「つけたらいいですね。水族館のスタッフも、少し憧れます」

根拠はないが、水族館で働く彼女の姿は、なぜか容易に想像できる気がした。

存在と空間が、上手く馴染んでいるというべきか。

他愛のない雑談を続けるうち、目的の葛西臨海公園駅につく。乗り換え回数が少なく時間もゆっくりのルートは、心の準備を済ませるのにちょうどよく、正解に思えた。

まわりの景色は、前回、一花と来たときとほとんど変わっていなかった。駅をでるとバスのロータリーがわきに見えて、あとはまっすぐ、広い通路が公園の敷地内まで延びている。入園料を払ったり、特別な門をくぐることもないので、駅から公園の中心広場まで延びるメインストリートを歩いているうち、いつのまにか園内に入ってしまう。

中心の広場につき、左に折れると葛西臨海水族園の看板が見えてくる。エリアでわけているのか、開放されている門を通ると地面に敷かれている石の種類が少し変わった。表面に水が流れ続けている壁があり、涼しげな印象を受ける。ギフトショップを通り過ぎて、さらに進むと、入園ゲートとチケットカウンターが見えてくる。

「チケット代は僕が持ちます」

「私、年パス持ってます」

「そういえばそうでした」

僕がチケットを購入している間、円谷さんは静かに待ってくれていた。駅からは看板を見てスムーズにこられたけど、ここからは彼女に案内してもらう形になりそうだ。

ゲートをぐり階段をのぼると、広大な見晴らし台のようなスペースが広がっていて、スペースの真ん中に大きく、半円形のドームが待ち構えている。景色が一気に開けて、一花がここを別の惑星にきたみたいだと表現していたのを思い出した。

「葛西臨海水族園は入口からエスカレーターで下に降りていく、ちょっと変わったスタイルなんです」

円谷さんの説明通り、ドームに入ってからはエスカレーターで降りていく。降りた先は水族館独特の暗さと、広々とした水槽が待ち構えていた。

「マグロの回遊コーナーはもう少し先にいったところにあります。一花さんとの思い出が深い場所は、そこですよね？　すぐに向かいたいなら……」

「ゆっくり見ましょう」

彼女が見学を我慢しようとしているのがなんとなくわかったので、遮るように答える。

「今日は休日のつもりで。それとも男性と出かけるのはまずかったですか？」

「私の場合は店の魚たちが嫉妬するくらいです。桐山さんこそ、一花さんが怒りませんか」

どうだろうか。いまのこの状態を、生前の一花がどこまで予想していたかはわからない。けど、怒る姿があまり想像できなかった。少しくらいは拗《す》ねてくれるかもしれない。けど、「あの博人くんが女の子を連れてる！」と指さして笑っている姿のほうが、どちらかといえば頭に浮かびやすい。

「大丈夫じゃないかな」

「そうですか。……では行きましょう」

待ちきれなかったのか思ったよりも早い返答で、通路を回り始める。僕も円谷さんについていく。

水族館好きを公言するだけあって、一つひとつの水槽で泳ぐ魚に釘付けだった。僕が一花と来たときは、小さい水槽の魚を眺めるよりも、どちらかといえば大水槽で派手に泳ぐサメやエイに目を奪われる時間のほうが長かったような気がするが、円谷さんの場合はそんなことはなく、わけ隔てなく、愛を伝えるように、それぞれ同じ長さで水槽の前に立っていた。

「魚ももちろんですけど、水族館の構造も好きなんです。たとえば室内を暗くしているのは、水槽のなかの魚に人間が見えないようにするため。大勢の人間が動いているのを見ると魚もストレスになります」

熱帯魚を展示するコーナーにさしかかり、円谷さんがまた話し始める。

「熱帯魚が色鮮やかな理由は諸説あります。というより、住んでいる地域によって理由が違うんです。色のきれいな海水やサンゴに同調して色を変えた魚もいるし、外敵が多い場所なら身を守るために少し不気味な色になる。群れを形成する魚なら、ほかの魚と区別がしやすいように派手な色になる」

別のコーナーに移動すれば、その水槽に棲む魚の話もしてくれた。

「よく小さな水槽でイカを展示しているのを見ませんか？　大きな水槽でほかの魚と泳がせずに個々に水槽を与えるなんて不思議でしょう？　イカは基本的に神経質で、驚くとすぐに墨をだしてしまうんです。ほかの魚と共存する水槽に入れてしまうと水をすぐに汚してしまうから、こうやって個々に分けるようにしているところもあります。意図を知ってから、泳いでいる魚や水槽を見ると、より面白いですよ」

「絵画と同じですね。作者の背景を知っているとより楽しめる」

「そうかもしれませんね」

通路を進みながら、そのあとすぐ、我に返ったように円谷さんが言ってきた。

「すみません。また調子にのってベラベラしゃべりました」

「そんなことない。知識が豊富なのはうらやましい。僕にとってはかなり贅沢な水族館見学になっています」

もっと言葉を添えようかとも思ったが、円谷さんの表情を見てやめた。笑ってくれていたからだ。

だが、進むうちに彼女の口数が少なくなる。さっきの自分の言葉をやはり気にしていたのかと思ったが、そうではなかった。角を曲がり、階段が見えてきたところで円谷さんが足をとめて、トーンを落とした声でこう告げた。

「この先にマグロの回遊コーナーがあります」

僕に気を遣ってくれたのだろう。手がかりを探す間、自分だけ楽しく過ごしてはいられない、と。

円谷さんとともに階段をのぼる。

回遊コーナーというだけあり、このスペース自体がひとつの円形になっていて、壁の水槽もそれに沿うように設置されていた。水槽内のマグロは止まることなく泳いでいる。マグロが止まると死んでしまうという知識だけは、魚にあまり詳しくない僕でも知っていた。この水槽は、マグロが泳ぎ続けられるように特別に設計されているのだろう。

「マグロの回遊を展示している水族館は、世界的にも珍しいんです。泳いでいるのはクロマグロと、スママグロ、あとはハガツオという種類の魚です」

円谷さんにしては控えめな説明をして、それきりしゃべらなくなった。僕としてはそのましゃべり続けてくれていてもよかったし、むしろそのほうが集中できるような気もした。けど、ここは彼女の配慮を汲むことにする。

円谷さんが僕から離れて自由行動を始めたところで、肩掛けカバンを開き、一番新しい手紙を取りだす。問題文を改めて読み直す。答えは水族館で、彼女と過ごした記憶が最も焼き付いているのは、葛西臨海水族園のはずだ。ほかの水族館にも遊びに行ったことはあるが、一つのスペースに二時間以上も居続けたのは、このマグロの回遊コーナーだけだ。

彼女の遺したメッセージ。それを見つけるための、過去をめぐる旅。出題数や中継地点は限られているはずで、水族館のなかで問題をだすなら、やはりここだと思う。

回遊コーナーのスペースの真ん中には、映画館の座席のように、階段状に木製のベンチが設けられている。そのうちの一列のベンチに彼女が座り、いつまでも飽きることなくマグロの群れを見つめていたのを思い出す。

彼女が座っていた席の列まで移動して、みなとみらいで見つけたときと同様、ベンチのどこかに次の手紙が張り付けられていないか探す。だが簡単には見つからなかった。

「どこに隠した、一花」

さすがに同じような隠し場所は選ばない。いかにも彼女らしい選択だった。気を許せば、すぐにでも一花のいたずらっぽい笑い声が聞こえてきそうだ。そんなところにないよ。もっとちゃんと考えて。そんな怖い顔しないで、楽しんでよ。せっかく用意したんだから。

回遊コーナーをしばらくうろつく。円谷さんは僕と対角線上の場所で水槽を眺めていた。右から左に流れていくマグロの群れを追いかけて、頭を左右に振る姿が面白かった。

周囲のマグロと同じように、回遊スペースをまわりつづける。しかし手がかりはいっこうに見つからない。どこかの壁に張り付けられているかと思い、暗いなか、目をこらして探した。ベンチの隙間や、マグロの回遊を解説するモニター機械の隅も見たが、手紙はなかった。途中から心配になったのか、円谷さんも手伝ってくれるようになった。

そうやって、気づけば一時間以上が過ぎていた。最初に訪れたときにいた客はとっくにいなくなり、あとからやってきた親子連れの客も次のスペースへと移動していった。回遊コーナーには、僕と円谷さんしか残っていない。ここに限ったことではないけれど、同じ場所に残り続けて、自分の後にきたひとが先に進んでいくのを見ると、置いていかれたような妙な不安を抱く。

「ここじゃない可能性は、ありませんか？」円谷さんがついに訊いてきた。

考えてみる。問題を読み返すが、やはりここしか思い当たらなかった。水族館という答え自体も、間違いではないはずだ。

「実はひとつだけ、ひっかかることが……」

そうやって答えようとした、そのときだった。

すみません、と後ろから声がかかる。円谷さんと同時に振りかえると、小太りの男性が立っていた。ワイシャツと、ここの水族館のロゴがはいったジャージを着ている。一目で立場がうえの人物だとわかった。

回遊コーナーでうろうろしている怪しげな男女がいると、係員の誰かが報告したのかもしれないと思った。そして責任者である男性がでてきた。このまま追い出され、今日の捜索はここまでになる。そんな光景まで想像したところで、男性が言ってきた。

「失礼ですが、桐山博人さんではないでしょうか？」

「え、あ、はい」

「ここの管理主任をしている宮本《みやもと》と申します。保坂一花さんという女性から、あなた宛てにあるものをお預かりしています」

思わぬ言葉だった。

責任者だということに違いはなかったが、宮本という男性は予想以上に深く、僕達に関わる存在だったようだ。預かっているものがあるという言葉が、遅れて頭に響いてくる。

「一花のことを、知っているんですね」

「お話を聞かせていただきました。普段こういった対応はしないのですが、今回は特別にお引き受けさせていただきました」

横の円谷さんも真剣な表情だった。彼女と長い付き合いがあるわけではないが、水族館という空間で、彼女が魚以外のものにこれほど真剣に集中しているというのは、きっと珍しい光景ではないだろうか。

「どうして僕だってわかったんですか？」

「信頼しているスタッフ数人にあなたの写真を渡していました。それから保坂一花さんにもアドバイスをいただいておりました。マグロの回遊コーナーに何時間もいる男性がいたら、声をかけてあげてほしい、と。だからスタッフにもそういう人物がいたら、報告をするように伝えていました」

なるほど。手がかりを見つける条件は、ここに長く滞在することだったのだ。そして手がかりを見つけようといつまでもさまよう僕を、宮本さんに見つけさせる。そしてやってきた宮本さんこそが、手がかりを持っている人物だ。

「変なことに巻き込んでしまって、すみませんでした」

「変なことではありませんよ」と、宮本さんはやさしい口調で答えた。それからあるものを差し出してきた。

ひとつの白い革の箱。見ただけで中身がわかる、独特の形。横の円谷さんも気づき、緊張からか、すう、と大きく息を吸う音が聞こえた。

箱を開ける。そこに入っているのは指輪だった。

彼女の指のサイズに合わせてつくった、婚約指輪。

受け取ってはもらえたけど、結局そのあと病が見つかり、結婚は取りやめになった。婚姻届をだす直前のことだった。病が治ってからいつでも婚約期間を再開できるように、一花に預けることになった婚約指輪。

かつて彼女に渡して、そしていま、約束は果たされず返ってきたもの。

箱からそっと指輪を抜き取る。

「これがメッセージですか？　一花さんが遺した」

「いや、違うと思います」

すぐに答えることができたのは、指輪にある変化を見つけたからだ。形は違うけど、これもまた手がかりのひとつだ。最後のメッセージを見つけるための手紙なのだ。

そして安心する。

ここに根付く記憶を、彼女も同じくらい、大切に思ってくれていたとわかったから。

「不思議だったんだ。葛西臨海公園には確かに水族館がある。マグロの回遊コーナーで彼女がいつまでもベンチを離れなかったのも事実だ。だけどそれ以上に、ここには深い思い出があるんです。この公園にある観覧車で、僕は彼女にプロポーズした」

だから、ここで次の手がかりを隠すなら、観覧車だと思っていたのだ。答えが水族館だとわかってから、どうしても違和感がぬぐえなかった。

だけど手のなかの指輪は、ちゃんと次の手がかりの先を示していた。

三つ目の問題。最後に書かれた言葉を思い出す。

『私は何でしょう？』

指輪の内側には、渡したときにはなかった言葉が彫られていた。彼女がこの日のために細工をしたのだろう。おしゃれに見せたかったのか、言葉は英語になっている。

この指輪がまだ答えではなく、旅の途中である証。葛西臨海公園で最も強い記憶のある場所が、観覧車であることを示す証。それは僕たちだけがわかる合い言葉だった。

『I am key』

◆

◆

◆

水族館の入り口であるドームに入るまではよく晴れていたのに、出るころには曇ってしまい、太陽も隠れていた。一花も僕も天気のなかでは雨が好きだが、今日に限ってはお呼びではない。

それにしてもいったいどれくらいの時間、なかで過ごしていたのだろうか。想像以上に長い滞在だった。特にマグロの回遊コーナーが一花を引きつけていた。

「つい気になっちゃって。どうやって泳いでるのかなとか、寝るときはどうしてるのかなとか。同じ場所をぐるぐるまわってどんな気持ちなのかな、とか」

彼女がミステリ小説の読書以外に、あれだけ集中しているのを初めて見た気がする。それともあの回遊コーナーの見学は二時間かけるのが普通で、僕の常識のほうが麻痺しているのだろうか。その可能性も捨てきれない。特に今日の僕は、普通の精神状態ではないから。

水族館を出たすぐ近くにある広場にレストランがあるのを見つけて、一緒に入る。僕はオムライスを頼み、彼女はラーメンを注文した。味は値段を超えるほどでもなければ、見合わないほどでもなかった。大学の学食のクオリティを思い出す味だ。

携帯で調べものをしていたらしい彼女が報告してくる。

「マグロは自分でえら呼吸ができないんだって。だから泳いで、自分から酸素を拾いにいかなくちゃいけないみたい。生きるために尻尾を動かし続けるんだね」

「ふうん」

「ねえ聞いてる？」

「ご、ごめん。オムライスがおいしくて。集中してた」

「食いしん坊だなぁ。ここの水族館は、いつかもう一回来たいな。次はこう、魚に詳しい人とかも一緒にいたらいいのに。友達とかに、いたっけかな」

どうする、ここにするのか。でもこんなところで渡して大丈夫なのか。やはりわからない。何が普通かわからない。世の中の男性は、どういうタイミングで、何を合図に指輪を渡すのだろう。

プロポーズしようと考えて指輪の値段を調べはじめてから、そもそも婚約指輪と結婚指輪というものが別々にあることを初めて知って、情けなくなった。プロポーズをしてから結婚式を開くまでの、いわゆる婚約期間にはめるのが婚約指輪で、結婚式でお互いの指にはめる指輪が結婚指輪。そう店員に教えられたことを律儀にメモする姿を見て、笑われもした。

婚約指輪は今後の生活で長く使うことになる結婚指輪と違って、装飾が派手なものが多い。跳ねるような性格の彼女だが、意外と派手なものはあまり好きではないので、なんとか装飾の少ない、シンプルな指輪を用意してもらった。その指輪は、僕が最近買ったばかりの肩掛けカバンのなかにある。

「この公園、水族館以外にもいろいろあるみたいだから、回ってみようか」

「もちろん。全エリア制覇するよー。観覧車も乗ろうね」

彼女のほうから観覧車のことを出してくれたので、これで自然と乗る流れになり、ほっとする。やっぱり最初に決めたとおり、観覧車で渡すことにする。

レストランをでて、寄り道をしながら観覧車のほうを目指す。途中にある季節の花に囲まれた鮮やかな道を歩きながら、振られた話題にもなるべく答えるようにした。少し笑顔が胡散《う》《さん》臭かったかもしれない。

観覧車の前までつくと、一度その高さを見上げ、一花が駆けていった。本当は僕も駆けだして、いち早くプロポーズを済ませてしまいたい思いでいっぱいだったが、「まったくしょうがないなぁ」とつぶやき、呆れるフリをして彼女の背中をのんびり追う男を演じた。しょうがないのは僕だった。

チケットを買い、係員に案内されてゴンドラの一つに入る。外から見たときよりも意外に速い速度で、ゴンドラは頂上へと向かい始める。

二人きりの空間。てっきり完全な静寂になると思っていたら、天井のスピーカーから録音されたアナウンスが流れ始める。この観覧車は日本一の高さを持つらしい。彼女とよく遊びにいくみなとみらいにも観覧車があって、そこでも日本一の高さだという案内を聞いたことがある。どちらが本当なのだろう。

「ねえ、ガム持ってたよね。一個ちょうだい」

そう言って一花は僕のカバンをひょいと取り上げ、自分の膝元に持っていってしまった。そのまま平然としていればまだ取り返せる可能性はあったのに、「うわ！」と思わず叫んだせいで、彼女が怪しんでしまった。

「なに、そんなに大事なカバンだった？」

「そんなことない。でも、ガムはいまじゃなくてもいいんじゃないか」

「いいじゃん一個くらいちょうだ……」

そして一花の言葉がとまる。見つかってしまったのだと理解する。現実逃避のためか、勝手に窓のほうを向いた。汗がとまらなかった。

ゴンドラはまだ頂上についておらず、時計でいえば、九時も指していないような位置にあった。

「気づかないフリ、したほうがいいかな？」

窓の外を眺め続けていようかとも思ったが、諦めて彼女を見ることにした。降参を示すために、両手をあげる。

「きみほど予測がつかないひとはいない」

「いや博人くん、こっちのセリフでもあるよ。もしかして観覧車でプロポーズしようとしてた？」

「変かな」

「変というか、ベタというか。頂上で渡そうと思ってたとか言わないよね？」

ゴンドラに逆走のボタンがあるなら今すぐ押したかった。引き返して何事もなかったかのように手をつなぎ、さっきの花道を歩いて雑談でもしていたかった。

答えない僕に、一花がとうとう笑いだした。観覧車は二人きりになれる絶好の場所だが、同時にどれだけ恥ずかしい思いをしても、しばらくの間は逃げられなくなることに気づく。遅すぎる教訓だった。

「ごめん。笑うつもりなくて。でも、あはは！」

一花は笑い続ける。天井のアナウンスも、こういうときに限って止まっている。まるでスピーカーのなかの声の女性も、笑いをこらえているかのようだった。

「ねえねえ、じゃあさ、プロポーズの言葉は？」

「ないよ。そんなもの用意してない。あっさり言うつもりだった」

「へえ。本当は？」

すぐにバレて、また顔が熱くなる。嘘が下手だなぁ、と微笑んでくる。もういいから、早く返事が欲しい。勘弁してくれ。僕を許してくれ。

「教えてよ、プロポーズの言葉」

「嫌だ。絶対に笑うから」

「わかった。約束する。笑わない」

指輪の入ったカバンをこちらに返し、一花は姿勢を正す。僕の言葉を、そのままの格好で待つ。

「もし笑ったらどうする？」

「もし笑ったら、じゃあ、結婚する」

さりげなく差し込まれたその言葉。動揺を隠して、僕は返す。

「僕との結婚は罰ゲームなのか」

「細かいことは気にしないで、ほら、教えて」

観覧車は頂上にさしかかろうとしていた。雲にかくれて太陽は見えない。夕日が見えれば最高だったけど（いや、助かったと思うべきかもしれない。これもベタだ）、待たせるのは彼女に悪いので続けることにした。ネットのいろんな記事を見て、頭で組み立てた文章を、そのまま言葉に乗せる。

「初めて図書館で出会って話をしたとき、心の扉を開けてもらうような気持ちになりました。あなたが僕の鍵であってくれたら嬉しいです」

頂上につくと同時に、一花の爆笑がゴンドラ内に響いた。天井のスピーカーのアナウンスも再開し、『当観覧車の一番高い位置、頂上につきました』と報告してくる。ツボに入ったのか、それにも一花は笑っていた。こうなったらもう開き直るしかなかった。

「笑ったな、結婚しろ」

「うん、はい、わかりました。でもちょっと落ち着くの待って」

笑いすぎてお腹が痛くなったらしい。お腹をさすって、それから姿勢を元に戻し、一花は左手を差しだしてきた。見ると、彼女の大きな耳が真っ赤に染まっている。笑い過ぎてそうなったのか、あるいは別の感情が高ぶったのかはわからない。

「きみの薬指に指輪をはめる前に言っておくと、図書館で初めて会って、僕がそこで好きになったのは本当だよ。返した本に連絡先を忍ばせて、その夜に返信がきたとき、僕は嬉しさで飛び跳ねて、足の小指を打撲した」

「うん。そういうのでいいんだよ、博人くんは」

　雲が晴れたのか、夕陽がゴンドラのなかを染めはじめる。僕も一花も、もう景色は見ていなかった。

「連絡先を入れた本、題名は覚えてる？」一花が訊いてきた。

「『鏡の国のアリス』。気づいてもらえるよう、普段読まない本を借りたんだ」

「いつか、記念に買っておこうかな」

　差しだされた彼女の左手、薬指にそっと指輪をはめる。サイズはぴったりだった。一か月前、ベッドで寝ているときに彼女の指のサイズは測っておいたのだ。たぶん、またベタだと笑われるから明かさない。

「早く降りたいね」

「ああ、早く降りたい」

　地上につくまでの残った時間で、キスをした。

◆◆◆

　一花との思い出を、円谷さんは静かに聞いてくれていた。不思議な感覚だった。自分ひとりで思い出すよりも、人に話したほうが楽だということを、今日、初めて知った。

昼食は一花と入ったレストランと同じ場所を選んだ。僕はカレーを食べて、円谷さんはチャーハンを選んだ。足りなかったのか、円谷さんはレストランを出る直前に中に戻って、ソフトクリームを買ってきた。

「じゃあ、次の手がかりは観覧車にある？」円谷さんが訊いてきた。

「さっきと同じように、係員の誰かに話を通しているんじゃないかと」

「文字通り、その指輪は鍵ということですね」

そもそも第三問の答えを最初から『観覧車』にしておけば、水族館のなかをまわる手間はなかったのではないだろうか。僕ならそうするが、一花の考えは完璧にはわからない。自分と同じように回遊コーナーで長い時間を過ごしてほしいと考えた可能性もある。

『I am key』

この指輪が次の手がかりをつなぐ鍵であるという意味と、そしてもうひとつ、あのときのプロポーズの答えの意味にもなる言葉。握りしめて、観覧車へとまっすぐ向かう花の道を進む。何年も時間が経っているからか、それとも僕が忘れているだけなのか、咲いている花は違うものに見えた。

「大きいですね」

観覧車の前までたどりついて、円谷さんが見上げて言う。

「私の好きな漫画にも出てくるんです、これ」

「へえ。なんていう漫画ですか？」

「好きなものを話すと長くなるので、教えないでおきます」

円谷さんが先に歩きだす。僕も続く。

観覧車の利用客は僕たち以外にはいないようだった。チケットカウンターの前で二人分を購入して、係員に渡すとき、チケットと一緒に指輪を見せた。

「この指輪に、教えられてきました」

若い女性スタッフで、もしかしたら事情が伝わっていないかもしれない（だとしたら僕は相当あぶないやつだ。いきなり指輪をつきつけてしまった）と考えたが、スタッフはすぐにはっとした顔になった。少々お待ちください、と持ち場を離れ、ゴンドラを操作するもう一人のスタッフのもとへ相談に行く。相談を受けたスタッフがさらに誰かに電話して、数分後、女性スタッフが戻ってきた。

「ご案内します。指定したゴンドラに乗るようにしてください」

「ありがとう」

女性はお辞儀をしてきた。それは僕のほうが取るべきリアクションだと思ったが、大人しくゴンドラを待つことにした。待っている間、円谷さんに小声で話しかける。

「どうやらゴンドラのなかに隠したみたいだ」

「あの、桐山さん」

「なんでしょう？」

「私も乗ってしまっていいんですか？」

円谷さんにしてはわかりやすく、戸惑った表情を見せる。僕を気遣って確認してくれているのだと本当はわかっていたけど、なんとなく、そのまま彼女の口から理由を聞いてみたい気分だった。

「水族館のことでなら私はお役に立てるかもしれないと言いましたが、ここからは、あまりいても」

「意味がない？」

彼女はうなずく。

「でも、円谷さんがここまで連れてきてくれたおかげで、いまも進めてる」

熱帯魚店で、どうして彼女があれほど強引な態度になったのか、いまでもわからない。純粋な善意か、もしくは何かの思惑があるのか、知る術を持たない。けれど、この感情だけは明らかになっている。感謝だけは確かな事実として存在している。

「ひとりじゃきっと来られなかった。円谷さんが水族館で魚や水槽について話してくれている時間、とてもリラックスできた。昨日、一人で探していたときのように、いろいろ考えこまずに済みました」

「迷惑では、なかったですか。うるさくなかったですか」

どこかすがるように聞いてくる。自信のなさそうな表情。常に他人のリアクションを気にする言動は、誰かと重なると思っていた。いまわかった。僕自身だ。

瞳の奥に宿る意志の強さというか、芯の強固さは一花に似ていて、そして表の態度や表情は、僕にそっくりだった。このひとは、なんというか、不思議な女性だ。

「一花のことを思い出すとき、ひとに語ると楽になることをさっき知りました。話す相手が、きみなら嬉しい。もしよければだけど」

気づけば敬語が外れていた。誰かと接していると、そのひととの距離感が変わる境目のような瞬間が、ふいに訪れることがある。いまがまさにそうだった。

女性スタッフが目的のゴンドラを見つけたのか、僕らについてくるよう合図する。

僕は先に一歩進んだ。ここからは円谷さんの意思次第だった。先に帰ってくれてもいいし、それならちゃんと、行きの分も含めた交通費を渡すつもりだった。一応、財布をだす準備もしようかと思ったけど、円谷さんは僕のあとについてきてくれた。

「手伝えること、おそらく少ないかもしれませんが」

「大丈夫です。ありがとう」

僕たちは案内されたゴンドラに乗りこむ。

向かい合わせの席に一人ずつ座り、扉が閉められる。ゴンドラがゆっくりと浮上するのを感じ、間もなく、一花と乗ったときにも聞こえてきた録音アナウンスがスピーカーから流れはじめた。

見下ろして、地上のスタッフの姿が屋根に完全に隠れたところで、手紙を探し始める。席から立つと、同じように円谷さんも手伝ってくれようとした。しかし狭いゴンドラ内だったので、探していた拍子にお尻がぶつかってしまった。お互いに謝り合って、間を持たすように、僕が続ける。

「一花ならどこに隠すかな」

「ゴンドラ内なら、そんなに隠す場所はないと思います。見える所を探しても見つからないなら、どこかなかに隠しているとか」

アドバイスに従い、座っていた座席のシートをなんとか外せないか試してみる。だが縫い目はしっかりしていて、誰かに細工されたようなあともない。

「円谷さんのところはどうですか?」

円谷さんが座っていたシートをさぐる。こちらも同じように細工はなかった。確認し終えると同時に、スピーカーからアナウンスが流れる。『頂上につきました。当観覧車の一番高い位置です』。それを聞いた円谷さんが、信じられない臭いを嗅いだみたいに、うう、とうめき声をあげた。もしかして、高いところが苦手なのか。

窓の外をちらりと見る。この景色、この位置で、彼女と笑い合った。口にするのも恥ずかしいプロポーズの言葉。心の扉とそれを開ける鍵。彼女の指にはめ、最後にはキスをした。

スピーカーのなかに隠されているということはないだろうか。視線を天井に移す。同じように固定されていて、その様子はない。というより、手紙をいれるには小さすぎる。

「桐山さん、シートの下」

「シートの下の金網です。一番右端の金網だけ、ネジが二本外れてます」

「え？」

確認してみると、確かに彼女の言うとおり、その金網だけ四隅にとめられているネジの二本が無くなっていた。何かの意図を感じさせるには十分だった。

「でもどうやってネジを開けるんですか」

「確かに。ドライバーなんてないし、こんな小さなものを回す道具なんて……」

言いかけて、気づいた。円谷さんのシートの横に置いた肩掛けカバンを開き、ポケットのなかから指輪を取りだす。水族館で、管理主任の男性から受け取ったもの。

『I am key』

これにはもうひとつの意味があったのだ。観覧車を指し示す言葉。あのときのプロポーズへの返事。そして、この金網を開けるための鍵。僕らは間違っていない。一花の用意してくれた道を、正しく進めている。

ネジのボルト部分に指輪を差し込む。完璧にとはいかなかったが、それでも回してゆるめるには十分なサイズだった。

ひとつ目のネジには手間取ったが、ふたつ目はコツをつかんでスムーズに取り外せた。金網を動かすと、単行本一冊程度の小さな空間があらわれる。そこに封筒が張り付けられていた。積もっていた埃を払い、封筒をそうっと抜き取る。観覧車は三時の位置にさしかかろうとしている。あと五分ほどで地上だろう。

「手紙、確認していてください。私は金網を戻しておきます」

「いやでも」

「窓の外を見たくないんですよ」

「やっぱり高いところが苦手だったんですね」

円谷さんがかがんで金網を戻していく。封筒を窓に向けて透かしてみると、いつもの便せんと、問題文が書かれたカードが一枚ずつ入っているのがわかる。そこで開けるのを躊躇《ためら》った。

きっと今回も、彼女の書いた文字があるだろう。そして一花の書いた文字から、彼女自身の声がきっと聞こえてくる。表情だって見えてくるかもしれない。この観覧車に二人で乗ったときの会話がまた、鮮明に頭に流れる。「早く降りたいね」「ああ、早く降りたい」。ちょうどいま、この位置でした会話だ。

いま同じ時間に戻れるなら、きっとあんな風には答えない。ずっとここにいたいと言うだろう。ここで永遠に、回り続けていればいいと、説得しようとしてしまうだろう。ここにいる間は、きみを失うことはないはずだと、すがる自分の姿が浮かぶ。

円谷さんがネジまわしに失敗したのか、がしゃん、と金属音が鳴る。それで我に返り、あふれそうになる感情をなんとかおさえる。うつむいていればいまにもこぼれる気がしたので、顔をあげることにした。

そうして天井から視線を移し、窓の外、観覧車の入口近くの花道を見たときだった。

そこに立っている女性に気づき、手の指の力が抜けて、手紙を落としてしまう。

「ありえない」

病院で見たときと同じ髪の長さ、同じ色。少し癖っ毛の混ざった茶髪のボブカット。着ている服は、ずっと前に彼女が古着屋で買ったお気に入りのセーターとスカート。

「一花」

その名が、口からもれる。「え？」と、金網を戻した円谷さんが顔をあげる。

僕は一花が立っている位置を指して必死に訴える。

「あそこだよ！　あの花道のところ！　こっちを見てるだろ」

彼女の表情は。

冷たく、鋭くて。

どこか睨んでいるようだった。恨んでいるようでもあった。

入場口の建物の屋根に隠れて彼女が見えなくなる。観覧車が地上に戻るとすぐ、ドアを叩く。女性スタッフが何事かと、慌ててドアを開ける。僕はとびだし、そのまま駆けていく。

彼女の姿はなかった。さっきまで一花が立っていた場所に自分も立ち、あたりを見回す。見つからない。消えた。いなくなってしまった。

円谷さんが走って、追いついてくる。息を切らせていた。彼女は僕のカバンと、一花の手紙を持ってきてくれていた。置いてきてしまっていたのだ。お礼を言いたいところだけど、いまはそれどころじゃなかった。

「円谷さんも見たでしょう？　ここに、立っていましたよね」

自分だけだったらどうしようと不安だった。一花への後悔の念と、記憶に浸っていたタイミングでもあったから、そういう可能性もあると思った。だけど彼女の答えは明確だった。

「見ました。茶髪と、紺色のセーター。それから花柄のスカート」

「あれは一花だ」

「落ち着いてください、桐山さん」

「でも、顔がそっくりで」

ただの他人の空似じゃない。仮に似ている人だとしても、こっちを見つめてくる理由はない。僕に対してあの表情を浮かべる理由はない。あんな恨みがましい顔、生きている間の彼女は絶対に見せなかった。

ふと、今日の朝のことを思い出す。十字路で橋本さんたち主婦グループが雑談をしていた。あのときの内容。橋本さんから聞かされた言葉。

『歩いていた。下北さんは商店街で、代永さんはひとつ隣の駅のデパートで、私は、この近くの住宅街で』

一花の幽霊。

まさか、本当にいるのか。

「幽霊じゃないと思いますよ」

帰りの電車内、葛西臨海公園駅からふた駅ほど離れたところで、円谷さんは口を開いた。あれから三〇分ほどが過ぎて、僕の頭もいくらか冷静になっており、話しかけられるにはちょうどいいタイミングだった。

正直に言えば、僕だって本当は信じていない。幽霊の存在自体の真偽はともかく、一花においては、幽霊になるというイメージがわかないからだ。幽霊には未練がつきものだというが、そもそも彼女は、そういうものを残さないために手紙の旅を思いついたのではなかったのか。僕を導いてくれようとしている手紙と、彼女の幽霊という存在は矛盾している。

でも、それでも完全に疑惑がぬぐいきれないのは、一花（に見えた女性）が僕に向けてきた、あの表情があったからだ。

「睨んでいたんだ。恨むように。憎むように。もし万が一、あれが幽霊だとして、未練があるとしたら、それは僕が原因だ」

「私がいるからかも」

「円谷さんが？」

「観覧車で一緒にいるところを見られた。だから怒ったのかも。桐山さんと一花さんにとっての思い出の場所に、私は踏み入ったから」

それは僕が想像していた理由とは、違うものだった。けど、円谷さんが何を考え、どんなことに罪悪感を抱いているかを知ることはできた。幽霊の想像というのはきっと、自分の罪悪感をあぶりだすのと同じなのだろう。

円谷さんのために、それから一花のために、僕は弁解する。

「彼女はそういうことで怒るひとじゃないはず。僕よりも、心のスペースというか、スケールが大きいひとだったから。考えられるなら、やっぱり僕です」

理由までは語れなかった。簡単に口にはだせなかった。だからこその罪悪感だ。病院での彼女の最期に、僕はそばにいてあげられなかった。ほんの一〇分ほど離れてしまった。一花は僕にそばにいてほしくて、だから、叶えられなかった僕を恨んでいる。

電車が乗り換えの駅につく。ホームに降りて通路を進む。乗り換え先の電車の改札を通るとき、地上にでて、沈んでいく夕陽がかすかに見えた。休日の日曜日、一花とベッドで一日過ごしていたときの、窓から差し込んでいた夕陽の色とよく似ていた。

「生まれて初めて飼ったペットが、祭りの金魚だったんです」

改札を通るとき、円谷さんが言った。喧噪のなかでもはっきり届く声だった。

「いつも決まった時間に餌をあげていたんです。でもその日は友達と遊ぶ約束をしていて、ランドセルを放り出して、餌をあげる時間を無視してでかけちゃったんです」

僕は黙って聞く。

「帰ってくると、金魚が亡くなっていました。やってしまったっていう罪悪感があったけど、涙はでませんでした。クラスで当時ハムスターを飼ってたんですけど、その子が亡くなったときも泣かなくて、友達に責められました」

電車がやってきて、乗り込む。うまく二人で座れた。円谷さんは続ける。

「その翌日にお祖母《ばあ》ちゃんが亡くなったんです。そこで初めて泣きました。悲しみよりも、やっぱり罪悪感でした。私のせいだと思ったんですよ。金魚を殺してしまったから、神様が怒って、お祖母ちゃんを奪ってしまったって」

いま考えればそこに関連性はないとわかる。だけど当時の円谷さんはそれが真実であると疑わなかったのだ。

「それから魚を大事にしようと決めました。そうするうち、どんどん惹かれていきました」

一見すれば、円谷さんが魚を好きになるまでの話を、僕に聞かせてくれたようにも思える。けど、その裏に意味が隠されているようにも考えてしまう。病院で、アイスを買いに彼女から離れたあの時間が、僕にとっての金魚だと。そうやって、励まそうとしてくれていたのかもしれない。

電車が家の最寄駅につく。改札をでて、今日の朝、待ち合わせしていたウッドデッキまで戻ってくる。日はすっかり傾き、夜になっていた。夕飯時だが僕はあまりお腹が空いていなかった。彼女もそうであると告げてきて、僕たちは近くの喫茶店に入ることにした。二階席の窓際という、静かな場所を選んだ。

円谷さんがお手洗いに立っている間に、肩掛けカバンから観覧車で見つけた彼女の手紙を取り出す。さっきは一花の幽霊騒ぎのせいで、肝心の問題文をまだ確認できていなかった。落ち着いたら見ようと思っていて、いまがそのタイミングであると判断した。

便せんのほうにはこれまで通り、短く僕たちの思い出と、短いメッセージが添えられていた。

赤い夕陽をあの観覧車で見ながらプロポーズされたこと、ベタだって馬鹿にしたけど、本当は何より嬉しかった。もうすぐ半分、折り返し地点だよ。

頑張って。

続いてもう一枚封入されている、問題文のカードを取り出す。これが少し変わっていた。前回までの三枚のカードと違って、今回は形が丸く加工されている。厚紙のコースターによく似ていて、肝心の問題文がそのなかに器用におさめられていた。

第四問：

次は『丸』に注目してみよう。
あなたがここまでたどってきた丸の数はいくつ？
次の手がかりは、丸がふたつある乗り物に隠しました。

きみなら大丈夫。きっとできる

相変わらずさっぱりわからない。本当に解かせる気があるのだろうか。
第三問だって、円谷さんがいなければ僕は答えにたどりつけていなかった。水族館だなんて、思いつけない。探し始めて一日目の早々に、くじけてリタイヤしている可能性も、なくはなかった。ここまでたどりつけていること自体、奇跡に近い。そもそも一花は僕が全部を解ききるのに、どれくらいの時間がかかると想定しているのだろうか？　一週間？　それとも一か月？　一年も考えられる。戻ってきた円谷さんが僕の手元の問題文に気づき、見たいと言ってきたので差し出した。するとこんな答えが返ってきた。

「二つの丸の乗り物って、バイクとかですかね」

「ああ、なるほど。気づかなかった」

「ヒントくらいは気づきましょうよ」

「ひらめきなんてタイミング次第ですよ。バイクがありなら、自転車もありえますね」

僕と一花は二人とも、バイクの免許は持っていない。自転車も家にはない。このメッセージ探しの旅の中継地点には、僕たちの思い出が必ず根付いている。自転車に関する思い出は、何かあっただろうか。

「これまでたどってきた丸って、なんのことでしょうね」

「解いてきた問題は三問。これで四問目だ。その間に見てきた丸の数とか？」

「数えきれませんよ、日常にあふれてる丸の数なんて。ペットボトルのキャップだって丸いし、時計だって丸いです」

「一花が必ず把握できる丸の数ならどうだろう。僕がこの問題を解いているうちに、必ずたどっているもの」

それ以降の収穫やひらめきは特になかった。コーヒーを飲んでいるうちにお腹が空いてきたので、僕は彼女に断りを入れてからナポリタンを追加で注文した。気づけば円谷さんもメニューを手に取り、カルボナーラを指さしていた。サラダもつけていた。

食事をしているうち、話題はお互いの生活のことになった。休日に何をしているかとか、家でどう過ごしているとか、そんな他愛のない会話だった。家のことを話すついでに、掃除がまったく行き届いていないことを明かした。散らかり放題になってしまっていること。どこから手をつけていいかわからなくなっていること。

「私もこちらに越してきたばかりのころ、ゴミを溜めすぎて大変なことになりました。循環はやはり大切なことなのだと思います」

「循環？」

「水槽の水は定期的に入れ替えられます。人の体も食事と排泄を繰り返し、環境が循環します。家もきっとそうです。家に限らず、すべての物事はきっと循環されるべきなのかもしれません。停滞させるのはよくない」

トーンも一定だし、表情もほとんど変わらない。熱のない言葉。だけど不思議と、どんな説教よりも胸に落ちるような言葉だった。循環する人の体と水槽。帰宅したら、そのまま掃除を始めたいとすら思った。

頃合いになり、僕らは喫茶店をでた。帰り道は途中まで一緒だというので、二人で商店街を歩いた。そういえば、と円谷さんがひらめいたように口を開く。

「丸って、ほかの言い方もできますよね」

「ほかの言い方って、たとえば？」

「球とか、円とかです」

彼女が宙に指で○を描く。

その指の動きに意識がひっかかり、頭のなかで繰り返される。○を描く。リプレイ。○を描く。リプレイ。丸を描く。リプレイ。

ヒントは二つの丸がついた乗り物。

「そういえば……」

「またなにかひらめいた？」

「いえ、全然関係ない話です。言い忘れていました。実は私、一花さんに借りているものがひとつあるんです」

「借りているもの？」

「本当は今日持ってこようとしていたんですが、忘れてしまいました」

「その借りているものって……」

何？　と尋ねようとしたそのとき。

僕の視界が、それをとらえた。

商店街からそれる通りの角、街頭の影に隠れるように、一花がいた。観覧車で見たのと同じ服装。同じ姿。目が合うと、彼女はきびすを返し、去っていく。

「ごめん、円谷さん、ここで解散でいいかな」

「え、あ、はい。今日はありがとうございました」

「こちらこそ。また連絡します」

気づけば走りだしていた。一花が折れた通りを曲がり、商店街からそれていく。

等間隔で並ぶ街頭の明かりの一つに、一花の姿が映し出される。そしてまた、暗闇に消える。明るい商店街から急に裏路地に入ったせいで、まだ暗さに目が慣れない。

「一花！」

一花がまた通りを曲がったところで、思わず叫んだ。彼女は止まらなかった。どうして応えてくれない。どうして振り向いてくれない。僕に見せた、あの日の意味は何だ。恨んでいるのか。だから話をしてくれないのか。

彼女を追い続けているうち、自分の家の前の通りに来ていることに気づいた。道が分かれるたびに目をこらし、先まで見通してみるが、姿はなかった。走って乱れた息が整うのと、家のすぐそばにつくのはほぼ同時だった。

玄関の前で、一花の幽霊は家を見上げて立っていた。再び走り出したい衝動にかられたが、そうやって追いかけると彼女は逃げてしまう気がした。

気づかれない距離で見つめていると、一花が門を開けて入っていく。僕も歩きだし、ついていく。門につくと同時に、玄関のドアの閉まる音がした。彼女は中に入ったらしい。廊下の明かりがつく。

玄関のドアに手をかける。鍵が開いていた。出かける前は確かに閉めた。彼女が開けたのだ。自分の鍵を使って。

廊下を進んでいく。リビングにも明かりがついていて、導かれるように向かう。

その間、僕の頭は少しずつ冷静さを取り戻していた。幽霊は玄関の鍵を開けたりするだろうか。幽霊は廊下の明かりを必要とするのだろうか。

リビングのドアを開ける。見回す。一花は台所で手を洗っていた。これから夕飯の準備を始めるような、自然な姿だった。ゴミであふれる室内が、あくまでもこれは現実であることを告げる。リビングごと、時間が過去に戻るようなことはない。

彼女に近づく。

目の前。手を伸ばせば届く距離まで。

彼女の顔、彼女の髪、彼女の形をとらえる。

「はん」と一花が口のなかの空気を、床に吐きだすような仕草を見せる。

幽霊じゃない。彼女は幽霊じゃない。

「こういうときって、抱きついてくるものじゃないんだ？　それとも何、もうばれちゃった？」

彼女は本物ではない。保坂一花ではない。町で噂になっている彼女も、僕が観覧車の真下に立っているのを見かけた彼女も、一花じゃない。偽物で、別人だ。

よく見ると、髪の生え際の部分に違和感がある。ウィッグをしているのだとわかった。少しだけずれていて、もともとの地毛が見える。くっきりしている目鼻立ちは確かに似ているが、耳は特徴的な一花のものよりも小さいし、身長もいくらか低い。

『I am key』

僕と一花以外に、実はもうひとりだけ、この家の鍵を持ち、自由に入ることができる人物がいる。その正体にようやく行きあたった。

「幽霊はきみだったのか」

◆
◆
◆

家に次々と荷物が運び込まれていく。前に住んでいたマンションにこれだけの量があったのかと、驚く。僕たちは引っ越し業者の邪魔にならないよう、荷物がすべて入るまでは傍らで待機していた。

それほど広くはない一軒家。中古の賃貸。見つけてきたのは一花だった。

一階は庭を見渡せるリビングがひとつ。廊下のつきあたりには、浴室とトイレ。階段下には物置きがある。二階は広さのことなる部屋が一つずつと、おまけにまたトイレ。生活をするのに、不足も過剰もない、シンプルな間取りだ。

「トイレと浴室がタイル張りになってるの。タイル張りだよ、タイル張り。いまじゃめったにない。それが決め手だった」一花が言った。

「僕は庭が良いと思った。ロッキングチェアでも置きたいな」

「二階の部屋は広いほうを寝室にしよう。もうひとつは博人くんの仕事部屋に」

感想を言い合ううちに、引っ越し業者の作業が終わる。トラックと数人が去っていき、家のなかが一気に静かになった。リビングにあふれかえる段ボール箱の山を前に、二人で立ち尽くす。これがリビングだけではなく、二階の部屋にもあふれている。

「さあ、大仕事だ」

「ねえ博人くん。私、まず本棚の組み立てと本の収納をしたいの」

「さっきからそわそわしてると思ったら、それが理由か」

「湿気のこもる段ボール箱のなかに閉じ込めておくのが耐えられない」

「あとで僕もそっちに合流するよ。ベッドも組み立てないと」

「よろしく!」

一花が階段を駆け上がっていく。足音が子どもみたいで、思わず笑う。前のマンションにはない、新しい生活の音だった。

リビングでひとり、荷物と格闘する。段ボール箱の表面には何が入っているかが記入してある。食器類は台所、雑貨全般はリビングの端に寄せていく。大まかに分類したあと、いよいよ箱を開いていく。途中から一花も合流して、二人での分担作業になった。疲れると、二人でリビングの横に寝そべった。窓から差し込む日差しが、興奮した自分たちを落ち着かせてくれるようだった。

「荷造りのときに気になる本があった。あとで貸してくれ」僕が言った。

「外に持ち出すのは禁止だよ。家のなかで読んでね」

「相変わらず管理が厳しい」

「人に貸すこと自体、特別なんだからね」

そのとき、インターホンが鳴った。誰だろうか。一花が立ち上がり、玄関に向かっていくので、僕もついていく。彼女は来訪者に心当たりがあるらしかった。

「助っ人を呼んでおいたの。引っ越し作業が大変になると思って」

「助っ人？」

彼女の友人か誰かだろうか。予想を立てているうち、一花が玄関のドアを開ける。そこに一人の女子が立っていた。

「薫子《かおるこ》。いらっしゃい」

「駅まで迎えに来てくれるって約束じゃん、お姉ちゃん」

保坂薫子。

彼女の妹だった。

姉の一花とは対照的な、長い黒髪。目や鼻の形は少し似ていて、身長は彼女のほうが低いだろうか。猫背気味なので、正確にはわからない。

実は初対面だった。何度か写真を見せてもらったことがあったから妹だとわかったが、実際に挨拶するのはこれが初めてだ。

「ごめんごめん、引っ越し作業してたら疲れちゃって、つい休憩を」

「もう。それなら連絡してよ。自分できちゃったじゃん」

「薫子ならそうしてくれると思ってた」

「怠慢を信頼にすり替えるな」

薫子ちゃんが一花にチョップを見舞う。様子を見ているとどちらが姉かわからない。

一通りのやりとりが終わって、ようやく、薫子ちゃんと目が合う。

「はじめまして。一花さんとお付き合いさせてもらっている、桐山博人です」

「知ってる」

予想していた流れと違った。向こうも軽いお辞儀があって、お互い和やかに、自己紹介を済ますような、そんな光景を想像していた。思ったよりも会話が続かなかった。雰囲気を察したのか、一花が間に入った。

「博人くんは女子高生との会話に緊張してるみたいだね」

「あそ。じゃあ高校やめてフリーターにでもなろうかな」

「だめだめ！　そんなのだめ！　あと一年で卒業なのに！　お姉ちゃん許さない！」

「冗談だってば」

抗議する一花から逃れるように、薫子ちゃんは耳をふさぐ。一花は大学進学のメリットと意義をしつこく語って聞かせていた。薫子ちゃんは「ギタリストになりたいなぁ」と、一花をさらに不安にさせて遊んでいた。姉妹のじゃれあいだ。

それから夕方になるまで、三人で作業を進めた。薫子ちゃんは僕にも聞こえる距離で、無遠慮な質問を姉の一花にしていた。

「お姉ちゃん、なんでこんな人を選んだの？」

「こんなのってひどいな」

「引っ越すこともあたしに相談してくれなかったし」

「確かにボーッとしてるときあるけど、博人くん見てると、なんか落ち着くと思わない？」

「ぜんぜん思わない」

「薫子はまだまだうぶなんだよ。私から、恋と化粧を引いたのが薫子だからね」

「何それ、失礼」

かみ合っているのか、かみ合っていないのか、よくわからない会話だった。たぶん、実家にいるときもこんな風だったのだろう、と、僕と出会う前の一花の生活を想像する。そして薫子ちゃんは、やはり僕をあまり受け入れてはいないらしい。自分の姉を取られて気分が悪い、くらいは思っていそうだった。

夜には引っ越し作業がひと段落し、一花が出前で寿司とピザを頼んだ。一度はやってみたい組み合わせだったそうだ。食事中、何度か薫子ちゃんに話題を振ってみたが、返事はすべてそっけないものだった。やはり嫌われている。

「薫子もここに住めばいいのに。合鍵、つくって渡しておくよ。大学進学のタイミングでさ、家、でちゃいなよ」

「冗談じゃない。ここ湿気多そうだし。ごめんです」

「ひどいなぁ」

言うほど傷ついておらず、一花はとにかく妹との会話を終始楽しんでいた。博人くんもそう思うでしょ？　と、話を振られる。寿司を食べていて、シャリが喉に詰まり、すぐに返事ができなかった。それから一花は本当に薫子ちゃんのために合鍵をつくった。

◆◆◆

リビングのドアが閉まる。外の空気と音が遮断されて、二人きりの空間になる。猫背で立っている姿が、引っ越し作業を手伝いにきてくれたあの日の姿と重なった。

蛇口からでる水をとめ、薫子ちゃんはウィッグを外しながらこちらに近づいてくる。あらわれた髪はショートになっていた。長くてきれいだったあの髪はなくなっていた。ウィッグをかぶるために、切ったのだろうか。

「近所の主婦たちも騒いでるよ。きみのことを、すっかり一花だと思ってる。葛西臨海公園で見たときは僕でも驚いた」

「あんたが必死にお姉ちゃんの名前を叫んでる姿は、少し面白かったかな」

「みなとみらいでベンチの下の手紙を見張ってたのも、きみだったんだろう」

「あそこは寒い。海はきれいだけど」

自分の行動を認める、確かな言葉。

本当はもっと追及したかった。聞きたいことが山ほどあった。どうしてそんなことを？ そのウィッグはいつから用意したの？ きみはどうして、あんなに睨んでいたの？ あふれそうになる質問をぐっとこらえて、なんとか話題をそらす。

「大学はどう？ 楽しい？」

「つまらない。でも出席はしてる。単位も取ってる」

薫子ちゃんは答える。

「お姉ちゃんの葬式から、家に引きこもってた。でもお母さんたちが様子を見に来るようになって、それで仕方なく外にでてる」

薫子ちゃんは進学を機に一人暮らしを始めている。初めてそれを聞いたとき、妹に対しては過敏なくらい心配性な一花が、すごく動揺していたのを覚えている。

「大丈夫なのかい？ もしも生活が厳しいなら少しは」

「余計なお世話」

大切な人を失い、生きがいをなくし、何もかもどうでもよくなり、それでも死ねないから生きるしかなく、そうやって過ごす姿はまぎれもなく自分と重なる。最低限で、半透明な姿。

だけど話を聞くうち、僕と薫子ちゃんには違いもあることがわかった。

「あんたのところにお姉ちゃんから手紙が行くのは知ってた。だから実家に帰って、お姉ちゃんの服をあつめて、ウィッグもそろえた」

「どうしてそんなことを？　もしかして一花の指示なのか」

「あたしが自分でやったこと。あんたにお姉ちゃんを忘れさせないためよ」

「一花を忘れさせないために？　そんなことしなくても、僕は忘れない」

「今はね」

薫子ちゃんはこう続けた。

「でも、十年後はどう？　二十年後は？　還暦になっても、よぼよぼのじいさんになっても、忘れない？　あたしが言ってるのは、一生忘れさせないって意味」

一日という単位ではない。

何十日、何週間、何か月、何年という単位でもない。一生。死ぬまで。

言葉で僕を潰そうとするように、低い声で、彼女はそう言った。

「あたしからお姉ちゃんを奪っておいて、勝手に忘れていくのは許さない。あんたはお姉ちゃんを愛し続けるの、この先もずっと。お姉ちゃん以外と付き合っちゃいけないないし、結婚だってさせない」

薫子ちゃんがさらに近づき、そして僕の手首にそっと触れてくる。その手は死人のように冷たかった。指先に力がかかるのを感じる。圧迫され、脈を打つ。

「お姉ちゃん以外の誰かを好きになったら、あたしはあんたを殺す」

怒りや恨みに任せた、現実味のないたわごと。そんな風に、簡単には片づけられない。薫子ちゃんには確かな執念がある。僕を追いかけ、葛西臨海公園までやってくるほどの。

そしてもうひとつ忘れてはいけないこと。薫子ちゃんもまた、一花が僕に最後のメッセージを残していることを知っている。手紙の旅を続けていることを知っている。

薫子ちゃんの、僕の手首をつかむ力がさらに強くなる。

「あの女は誰？」

「円谷さんは何でもない。きみが想像しているような仲じゃない」

「お姉ちゃんがもういないから、あの人をお姉ちゃんの代わりにしようとしているんじゃないの」

「誤解している。手紙探しを手伝ってもらってるだけだ」

「あんた自身が気づいてないだけで、無自覚で好きになってる可能性はある。ほら、恋ってするものじゃなくて、気づいたらしているものとかって言うでしょう？」

見下すような笑みを浮かべて言ってくる。それで昔の一花の言葉を思い出す。

恋と化粧を自分から引いたのが、保坂薫子であると。

「とにかく、一花の仮装なんてもうやめるんだ。彼女も喜ばない」

「仮装はやめない。いまはこれが生きがいだから。お姉ちゃんに化けた私を見るたびに苦しむならそれでいい。ざまあみろって思う。これからもあんたの前に現れてやる。絶対に離れないから。覚悟しなさい」

そう言って、薫子ちゃんは家をでていった。僕は何も言い返せなかった。

「なるほど、丸だ」

ひらめきが訪れたのは夜中の三時を過ぎてからだった。今日一日の出来事や薫子ちゃんの言葉を何度も反芻《はんすう》し、いっこうに寝られず、あきらめてコーヒーを淹《い》れようとソファから立ち上がった瞬間、四問目の答えが唐突に降りてきた。

リビングの食卓に問題文のカードを広げて読みなおす。『あなたがここまでたどってきた丸の数はいくつ？』。たどってきた数こそが重要なヒントだった。そしておそらく本人は無自覚だったのだろうが、きっかけは薫子ちゃんの存在だった。次に向かう場所は、彼女とも関係のある場所。

そこで僕は、一花と薫子ちゃんの、姉妹の絆にまつわる話を聞いたのだ。


問題が解けたことを円谷さんにメッセージで送ると、ぜひ同伴したいと返ってきた。二日後のシフトが昼からなので、午前中は都合がつけられるらしく、その時間を使わせてもらうことにした。

二日後、僕と円谷さんは目的の場所がある駒沢大学駅にいた。自宅からの最寄駅は同じなので、またあのウッドデッキで待ち合わせて二人で向かった。前日までは雨が降っていたが、無事に晴れてよかった。今回の隠し場所は、天気次第では手紙の回収が難しくなる可能性もあった。

問題を解いてから時間が空いたのは、円谷さんの予定に合わせるためだった。さすがに平日を二日連続は休めない。彼女は腰の悪くなった店長の代わりに作業を引き受けているポジションでもあるそうなので、ほかのアルバイトやパートに比べると責任も大きい。

「店長や店に文句はありませんし、魚が好きなことにも間違いはありませんけど、居続けることが正解かどうかはわかりません。問題があるとすれば私の動機です。あそこを逃げ場所にしてしまっている節《ふし》もある」

行きの電車で彼女はそう語ってくれた。

僕の二日間はというと、特に何もしなかった。コーディング案件はプロジェクト単位で基本的に動いていくので、空いた二日間で少し作業を、ということもできない。むしろ迷惑がかかる。だから、ゴミ袋を、収集日に合わせて順番に捨てていく作業を繰り返していた。手紙を見つけてから二日間、ノンストップで動き続けていたので、ちょうどいい休息になったともいえる。

問題の答えはつきとめたから、円谷さんと予定を合わせずひとりで行く、という選択もできた。だけどそうはしなかった。葛西臨海公園で観覧車に乗ったとき、あのゴンドラに円谷さんが乗ることを選んでくれたとき、僕らは一緒にメッセージを探す旅にでる約束をした。口にだしたものではない約束。契約書のように、書き記したわけでもない約束。そう、あれは、行動で示した約束だ。

「問題の答えは、なんですか？　教えてください」円谷さんが訊いてくる。

駒沢大学駅から地上にでて、大通り沿いに大学方面へ進む。休日だから、学生の数はそれほど多くない。道沿いに並ぶ店はどれも学生向けにつくられていて、飲食店も値段の安さや量の多さをアピールした看板が多い。

僕は目的の場所に向かいながら、説明していくことにする。

「第三問の答えを聞いたとき、少し疑問に思っていたんだ。水族館から導かれるのは、葛西臨海水族園。だけど水族園がある葛西臨海公園には、もっと大きな思い出があった」

「観覧車ですよね」

「そう。あの場所に僕を連れていきたいなら、三問目の答えは『観覧車』でいいはずじゃないか。水族園じゃ、遠まわりになる」

「指輪を別に渡したかったからでは？　指輪は観覧車内の金網を開ける鍵としてまず必要だったから」

「それもある。だけどもっと別の、水族園に向かわなくてはいけない理由があったんだ。一花は僕が予想していたよりも、ずっと濃い密度でこの問題を構成している。

いるらしい」

ミステリというよりは、なぞなぞに近いものだと思っていた。だけど散らばったピースが集まるこの感覚は、確かにミステリ小説を読んでいる気分にも近い。

「第四問の問題はこうだ。『たどってきた丸の数はいくつか』。丸とはつまり円で、僕は問題を解き明かしてきたうえで自分がたどった円の数を導き出さなければいけなかった」

「なるほど、わかりました。マグロの回遊コーナーですね」

水族館好きの彼女が手を打った。

「あれも丸の一つですよね。あの回遊コーナーをたどらせたかったから、もっと言うなら丸の数を稼ぎたかったから、遠まわりさせた」

「そう。結論からいうと、一花が僕にたどらせたかった丸の数は五つだ」

「五つ？」

一花が意図的に用意した円の数。

それがわかって、とたんに門が開くみたいにこの場所が浮かんだ。

「丸の数は五つ。五つの丸を一列に描いてみれば、誰だってあの世界的に有名な競技大会を連想する」

「……もしかして、オリンピックのことですか?」

僕はうなずく。

「僕にとって浮かぶのはこの場所だ。ここも思い出が深い」

大通りの交差点を左に曲がる。そのまま進むと駒澤大学の正門につくが、さらに通り過ぎていく。

大学のすぐ横にある広い運動公園。陸上競技場、屋内球技場、野球場など、運動に関する施設が多く点在している。正面の入口は並木道になっていて、秋は特に景色が良い。

入口近くにある、背の低い大きな銘板には、名前が彫られている。

『駒沢オリンピック公園』

そしてヒントは、丸がふたつある乗り物。

僕はここで、一花とレンタサイクルに乗ったのだ。

次の手紙の隠し場所は、そのレンタサイクルの貸出店あたりだろう。

「ひとついいですか? 丸の数が五つと言いましたけど、具体的には何が丸に該当していたんですか」

「一つ目は今回の問題文のカード。あれはコースターみたいに丸い形をしている。二つ目はマグロの回遊コーナー。一花が遠回りさせた理由だ。三つ目は、一花の婚約指輪。言うまでもなく輪っかの形をしている。そして四つ目は、観覧車。これも見た目通り」

大小サイズの違いこそあれ、どれもがひとつの立派な〇の形を描いている。

「五つ目はなんですか？」

「きみだよ」

「え？……私？」

「僕は問題を解き明かす過程で熱帯魚店のきみに出会った。一花はきみに伝言を残したそうだから、会うのは織り込み済みだったはずだ」

すぐ近くに、昨日の雨でできた水たまりがあった。彼女は水たまりを見下ろして、水面にうつった自分の顔をながめはじめる。そこに答えが書いてあると信じて、探すみたいに。その様子が可笑《おか》しくて思わず笑う。

数秒の間が空いたあと、はっと気づいて顔を上げてきた。

「きみの苗字にも丸が入っている。そうだろ、『円谷』さん」

◆　◆　◆

「駒沢オリンピック公園総合運動場、だって」

入口にある背の低い銘板に彫られた文字を読みながら、一花が続ける。

「オリンピックって、あのオリンピックだよね。ここで行われたのかな？」

「競技の一つが行われたのかもしれないね」

並木道を進む。左右に並ぶ木々は枝がやせ細り、たまった落ち葉を冷たい風がたまに運ぶだけで、少しさびしい景色だった。それでも、木々の数で、秋に来れば色鮮やかな紅葉が楽しめるだろうことは、想像できた。

緑のベレー帽をかぶったお爺さんがベンチに座って絵を描いていた。常連のような雰囲気があり、季節に関係なくそこで描いているのだろうなと思う。

「あの子、もう終わったかな」

「さっき校門で別れたばかりだよ」

「試験の問題がわからないって、あわててないかな。泣いてないかな。ああ、薫子のそばにいてあげられたらいいのに」

「少し落ち着きなって」

今日は一花の妹の入試だった。試験会場である大学の入口まで彼女を見送り、試験が終わるまではこの公園で時間をつぶしている予定だった。道中は薫子ちゃんの緊張感がひしひしと伝わってきた。一花とはたまに会話していたけど、僕とは一言もしゃべっていない。もとから少し、嫌われているというのもある。

「私が透明人間だったら入試会場をかけまわって答えをかきあつめて、あの子に耳打ちしてあげられるのに」

「薫子ちゃんはそんなことされたら怒るだろう」

「そうだね。自分の実力じゃないって、きっと私を叱るね。ああだめだ、頭を冷やそう」

そう言って、並木道を抜けた先にある売店でソフトクリームを購入して食べる。食べ終えたあと、体をふるわせ始めたので近くの自販機で温かい缶コーヒーを買ってやった。

「あの子、もう終わったかな」

「だからまだ別れたばかりだってば」

「もう！　なんか熱中できるものはないの？」

彼女の願いを叶えるように、歩いている先に、ある建物に掲げられた看板の文字が目に飛び込んでくる。『サイクリングセンター』とあり、公園内を自転車で一周できるらしい。

提案する前に一花が駆けこんでいった。こういうイベントや遊びごとには迷いがない。いままさに、受験で戦っている妹の薫子ちゃんは基本的に物静かだが、元気の成分はすべて姉である一花に吸い取られたのではないかと思ってしまう。

僕が追いつくころにはすでに受付と会計が済んでいて、係員が自転車を外にだしてくれているところだった。

あらわれたのは不思議な形の自転車だった。車輪が二つあるところは見慣れている自転車と同じだが、車体が全体的に長く、サドルとペダルも一組ずつ増えている。つまりこれは二人乗り用の自転車だ。

「タンデム自転車っていうんだよ」係員である七〇代ほどの男性が丁寧に教えてくれた。それからサイクリングをするうえでの基本的なルールの説明を受け、出発する。

「僕が前でいいの？　ハンドル操作したほうが面白いかもよ」

「ううん、博人くんでいい。夫になるひとがどれくらいしっかり舵《かじ》を取れるか、見ておかないといけないからね」

「夫婦は二人三脚っていうからね。一花もしっかり漕いでくれ」

「あ、鳥が飛んでる。きれい」

「漕げってば」

「冗談だよ」

後ろの一花がペダルを踏んでくれたおかげで、いくらか楽になる。スピードが思ったよりも簡単にでて、面白かった。でもこれだと一周はあっという間かもしれない。二キロあると説明は受けていたが、ずっと早く終わりそうだった。

「ねえ博人くん」

「なに」

「薫子の機嫌がよさそうだったら、予定通り、報告するでいいよね？」

「うん。もともとそれが目的でついてきたっていうのもあるからね」

景色を眺めながら会話する。一直線の道になったところで、一瞬だけ振り返り、サドルを握る彼女の左手を見る。指輪は外してある。婚約はまだ、薫子ちゃんには伝えていなかった。

「どんな反応するかな。薫子、けっこう博人くんに辛《から》いからなぁ」

「一緒に手放しで喜んでくれる、かはわからないね。きっと、僕にお姉ちゃんを取られると思ってる」

「大学生にもなるのにありえない、とは言えないからな、薫子の場合は。そういうところだけは達観していないっていうか」

文句を言いつつも、くすぐったそうにして笑っている。僕は一人っ子だから、兄弟や姉妹がいる生活がどのようなものかはわからない。けど、この二人の仲良さはめずらしい類のものではないだろうか。

一花は妹の薫子ちゃんについての話を続けてくれた。それは彼女が初めて教えてくれた秘密で、血がつながっているとか、単なる姉妹であるということ以上の、強い絆にまつわる話だった。

「小さい頃ね、両親が一度だけ離婚しそうになったことがあったの。いまは仲直りして夫婦のままでいるけど、当時は本当に一歩手前までいってて、転校先がどこになるかとか、そういう話ばっかりしてた」

薫子ちゃんは毎日泣いていたという。

「私たちは部屋で身を寄せ合って、寒さに耐えるみたいに抱きしめあったの。頼れる両親がいなくなるのって、あんなに怖いんだって知ったよ。そのときにね、私たちは約束したの。姉妹の誓いを立てた」

「誓い？」

「ひとつだけの、大きな約束。この先、大きくなってお互いが離れることがあっても、大事なときには必ずそばにいる。助けにかけつける」

それが姉妹の誓い。

一花が今日、受験会場のそばでこうしている理由がわかった。単なる応援ではなく、約束だからだ。僕の知らない一花と薫子ちゃんの歴史。そのなかでおそらく、誓いは一度も破られたことはないのだろう。

「世界がどんなにおかしくなっても、お互いだけは頼れる存在でいる。そういうのがあると、安心できるよね」

唐突に、いますぐ振り向いて彼女の手を握りたいと思った。根拠はないけど、彼女も同じである気がした。

「薫子は、私から恋と化粧を引いたような子だよ。見ているととても愛おしいの」

恋心があるからおしゃれになり、化粧をしてきれいになろうとする。そういう意味なら、薫子ちゃんは確かに純粋なのかもしれない。髪を染めておしゃれをする前の、高校生のころの一花はきっとこんな風だったかもしれないと、姿を見ていて思うことがある。

「薫子には大学受かってほしいけど、でも大学で変わっちゃうんだろうなって思うと、複雑だ。化粧とかして、髪とか染めて、変な男子と出会って苦労して、そういう色々を体験するんだろうなって。もしかしたらもう変わってるのかも」

「大学時代、ゼミでお世話になってた教授が言ってたよ。大学は無駄を謳歌する場所だって。講義にでるのもサークルに参加するのも自分の意思次第。自分で一から全部決めるから、無駄があって当然だし、むしろそれを謳歌するべきなんだって。そうやって、自分の行動や考えを磨く期間だと考えればいいって」

「あ、そこの池で魚が跳ねた」

「聞けよ」

「冗談だって」

後ろでペダルを漕ぐ音がとまる。彼女の視線が自分の背中にそそがれているのを感じた。僕は振り向かず漕ぎ続ける。

誓いと聞けば、もうひとつ思い出すことがある。姉妹の間で交わされるものと同じくらい、特別なもの。

考えを背中から吸い取られたみたいに、直後に彼女が言ってきた。

「今年中にはしたいね、結婚」

「……お互いバタバタしちゃってるからな。式場を見つけないと」

「旅行も行っておきたくないか？」

「いいね、いいね。温泉つかりたい」

「入籍はいつしようか」

「結婚式の前日とかでいいんじゃない？　入籍記念日とか、結婚記念日とか、そういうのひとまとめにしちゃえるし」

「一花、記念日とか気にするタイプだったのか。意外だ」

「結婚記念日くらいは意識してもいいでしょ。私は乙女なんだ」

後ろから小突かれる。手元が狂ったフリをして、ハンドルを左右にばたつかせる。一花が後ろで、ぎゃっ、と悲鳴をあげた。笑うとまた、小突かれた。こういう時間がこの先も続いてくれたらいい。

気づくとサイクリングセンターまで一周し、戻ってきていた。行きに見送ってくれた係員と同じ男性が出迎える。

「どうする？　もう一周なら延長料百円だけど」

相談するつもりで、後ろの一花の様子をうかがう。彼女は大学のほうを見ていた。

「薫子、もう終わったかな」

◆
◆
◆

紅葉で彩られた並木道を抜ける。厚着をした子どもがベンチに座る母親に見つめられながら、葉っぱを舞いあげ、黄色と赤色のシャワーを楽しそうに浴びていた。少し先では緑のベレー帽の男性が絵を描いている。

あのときと同じ道順で、そのままサイクリングセンターまで進む。受付で係員の二人が出迎えてくれて、チケットの券売機まで案内してくれる。どんな風に声をかけるかは、きまっていた。

「すみません。誰かから預かりものはしていないでしょうか。保坂一花という女性が来たと思うんです」

係員がお互いを見て、小さくうなずきあったのが見えた。二人のうち、年の若い、四〇代ほどの男性が口を開いた。

「何番の自転車に乗りたいですか？」

「え」

「そう聞くように言われています。ご希望の番号の自転車を持ってきますよ」

番号。近くに駐車された、さっきまで誰かが使っていたであろう二人乗り自転車を見る。確かに車体に番号の書かれたシールが貼られている。正解の番号があるのか。考えもしなかった。少し後ろで様子をうかがう円谷さんと顔を合わせるが、わからない、という風に首を横に振られてしまう。

「何番に乗りたいですか？」男性が迫ってくる。

「じゃ、じゃあ四番」

「かしこまりました。チケットを買ってお待ちください」

指示されたとおり、券売機でチケットを買う。

円谷さんがついてきて、訊いてくる。

「どうして四番にしたんですか？」

「四問目の問題だったから」

「そ、そんな理由で？」

「だって、わからないんだ。もしも外れたら別の自転車に替えてもらう」

チケットを二人分買う。ひとつを円谷さんに渡す。ここでも彼女は驚いたような表情を見せてきた。

「私も乗るんですか」

「確かに乗る必要はないかも。なぜか買ってしまった。嫌なら捨ててください」

「……いえ、もったいないので」

係員が四番の自転車を持ってくる。青色の塗装で、デフォルメされたイラストのイルカが描かれていた。

「可愛いイルカですね」円谷さんが言った。

イルカは元気よく海面を飛び跳ねている。並んでいる自転車の列を見ると、ほかにも動物のイラストが車体に描かれていた。一花と乗ったときにはなかった気がする。

四番自転車の前にはカゴがついていて、そのなかに封筒が入っていた。奥で保管されていたものを入れてくれたのだろう。どうやら正解だったようだ。

係員がサイクリングのルールを説明してくる。一花とのやりとりや手紙に関する補足はなかった。説明が終わると、「いってらっしゃい」と見送られる。

二人乗りのタンデム自転車を前に、僕と円谷さんは立ち尽くす。とりあえず、手紙は回収し、カバンにしまうことにした。

「どうします、本当に乗りますか？　一応、目的は達成できたからこのまま返してもいいけど」

「前に乗ってみたいです。ハンドル操作、任せてもらっていいですか？」

「あ、うん」

けっこう乗り気だった。彼女だけ乗せて僕が待っているという形も変なので、おとなしく後ろの席に座る。かつて、一花が座っていた席。舵取りを見てやると、僕に前を任せてくれた彼女が座った席。

「おわ、おわお」

円谷さんはタンデム自転車は初めてらしい。最初のスタートで少しだけ戸惑っていた。だけど一分もしないうちにコツをつかんだようで、僕にも順調に指示をだしてくる。

「次、少し左に曲がります。ハンドルお願いします」

「うん」

後部座席にもハンドルがついていて、長い車体がスムーズに曲がるためにも、こちらのハンドル操作（体重移動）も大切になってくる。

「意外とスピードでるんですね、二人乗りって」

「疲れてきたら、ペダルは僕が漕ぎますよ」

「じゃあお願いします」

もう疲れていたようだ。彼女には進行方向だけ見てもらって、僕はエンジン役に徹する。

一花と走ったときには見えなかった景色も見ることができた。後部座席は前の人の背中で景色が隠れるので、必然的に、左右を見がちになるのだとわかった。木から鳥が飛び立つところも見たし、途中でさしかかった池から魚が跳ねるのも見えた。一花も、こういう景色を見ていたのだろうか。

会話がもう一つ、ふたつと盛り上がりそうなタイミングで、スタート地点のサイクリングセンターまで戻ってくる。一花のときも思ったが、もう少し長ければいいのにと思わせる、絶妙なコースの長さだと思う。

自転車を降りて、係員のところまで持っていく。ほかにもサイクリングを楽しんでいた客で、少しだけ返却の列ができていた。

そして待っている間、木陰の間に立つ、その人の姿を僕は見た。円谷さんも遅れて気づき、「あ」と声をあげる。

癖っ毛の混ざった茶髪のボブカット。服装は、この前、観覧車から見下ろしたときとまったく同じだった。古着屋で買って、お気に入りだったセーターとスカート。

目が合っても、薫子ちゃんは僕を恨むような視線をそらさなかった。ところが一歩近づこうとすると、とたんに去っていってしまった。決してそばには寄らせない。つかみどころのない、幽霊のように。

「薫子ちゃんって言って、一花の妹なんだ。この前会って話した」

「妹さん……。一花さんの格好なんですよね、あれ。どうしてあんなことを？」

薫子ちゃんの言葉がよみがえる。『仮装はやめない。いまはこれが生きがいだから。私が化けたお姉ちゃんを見るたびに苦しむならそれでいい』。

薫子ちゃんのすがるものが仮装なら、僕のすがるものは、きっとこの手紙だろう。一花が何を伝えようとしているのかはわからない。けれどいまのところ、歩みを止めるつもりはなかった。

旅は続く。

幕間　保坂一花が遺したもの②

ようやくおりた外出許可の日。私はみなとみらい駅に降り立っていた。彼が徹夜明けでいまごろ家で寝ているのも確認済みだ。まずは最初に手がかりを残す場所に向かう。こうして私の旅も始まった。

博人くんがここをたどるのかな、と想像しながら、赤レンガ倉庫まで歩いていく。最初の手がかりは、やはりここだ。彼と付き合うことになったデートの場所。アイスを食べた私が、寒いと言って、無理やり手をつながせた場所。あのベンチ。目的のベンチにたどりつき、しゃがみこんで手紙を固定した。ここには定期的に見張りに来てもらうよう頼まないといけない。薫子の顔がまっ先に浮かんだ。

次の手がかりは、行きつけの熱帯魚店と交渉して、置かせてもらうつもりだった。魚の形をした独特のドアノブを握って、店のなかに入る。ガラスのドアには、『自動ドア設置工事につき、来月の9日は午前休業』というお知らせが張ってあった。自動ドアになるのか。少しさびしい。ここのドアの重さが好きだった。

「こんにちは」

「あ、いらっしゃいませ」

奥のレジで待機している、いつもの店員さんを見つける。苗字を覚える間柄くらいにはなっていて、一番話しかけやすいひとだった。黒ぶちの眼鏡と、うらやましいくらい長く、整った黒髪。円谷さん。いつもどおり、動きの少ない表情のままこちらに近づいてくる。会話が苦手かというとそうでもない。好きなことになると饒舌《じようぜつ》になる。本当に魚が好きなのだと思う。魚の知識に関しては、私の知り合いでこのひとの右に出るものはいない。

「レッドテールキャットはまだいます？」

「はい、取り扱っていますよ。飼う予定が？」

「ううん。実は、今日は買い物が目的じゃないんです」

「というと？」

私は事情を説明した。彼女は表情を変えず聞いてくれていた。余計な反応を見せてはいけないと、努力しているようだった。定期的に店にやってきて、このひとを見ていると、たまに博人くんと姿が重なるときがある。いまもそうだ。性別も見た目もまったく違うのに、不思議だった。

「円谷さん。あなたに頼みたいことがあるの」

私は封筒を差しだす。

「これを、ここに置かせてほしくて」

「私に預かってほしいと？」

「うん。できれば、見張っていてほしい」

「自信がありません」

「あなたにしか頼めないんです」

いえ、でも、と円谷さんは何度か口を開きかけるが、最後には承知してくれた。

無表情だが、本当は誰よりもやさしい女性なのだろう。

やがて、円谷さんは私を奥まで案内してくれた。そこにはレッドテールキャットがいた。いつ見ても可愛い。この可愛さがわからないのは、博人くんの欠点の一つでもある。

水槽の底に封筒を隠させてもらい、それで用事は終わりのはずだった。立ち上がろうとしたところで円谷さんがこんなことを訊いてきた。

「ひとを愛するのって、どんな気持ちなのでしょうか」

「え？」

「ここまで用意できる保坂さんのことを、尊敬します。本当に桐山さんという男性を愛しているのだと。でも私にはわからない。その気持ちがよくわからないんです」

ずっとここにいるから。円谷さんはそう言った。やっぱりこのひとは、博人くんに似ている。重なってしまえばもう止まらなくて、博人くんにそっと伝えるように、そして妹の薫子にやさしく語るように、私は告げる。

「博人くんのこと、よければ手伝ってあげて」

「メッセージ探しを、ですか？」

「うん。あとね、これを貸してあげる」

カバンから取りだした本を円谷さんに渡す。文庫本で、題名は『鏡の国のアリス』。彼と付き合いはじめるきっかけにもなった本。

本当は妹の薫子に託すつもりだった。けど、この形でもいい。彼女に託しても、きっと思い描く光景になってくれるはず。

「よろしくね、円谷さん」

博人くんがたどるこの旅は、きっと良いものになる。そう確信した日だった。

二回目の外出許可がでるのは一週間後になった。家族や博人くん、友人、元同僚のお見舞いもありながら、あっという間に一週間が過ぎる。博人くんは徹夜明けで眠るといっていた。看護師の方にも交渉して、かん口令を敷いてある。彼にばれることはない。

病院をでて、まず向かったのはジュエリーショップだった。葛西臨海公園に向かう途中の駅で降りる。店員に話すと、すぐに目的の指輪があらわれる。

「ご注文通り、指輪に印字してあります。ご確認ください」

指輪の加工サービスを利用して、裏側に文字を彫ってもらっていたのだ。注文通りの文字がそこにあった。

『I am key』

観覧車をしめす手がかりと、これ自体が鍵になるという、二重の細工。博人くんは気づいてくれるだろうか。

店を後にして、葛西臨海公園駅をめざす。今日はまだまだするべきことがある。公園につき、待ち合わせ場所の時計台前にそのひとはいた。友人の律子《りつこ》に紹介された観覧車の管理担当者だ。なんと女性だった。公園内のレストランに入り、事情を説明する。博人くんとも食事をした場所だ。

「律子さんから聞いたときは冗談かと思いましたが。でも、本当なんですね」

「ご協力いただけないでしょうか」

「かまいませんよ。営業時間後にいらしてください」

胸をなでおろす。毎回これくらいスムーズだったら、楽なのにと思う。

「アルバイトの運営員にも共有させておきます」

「ありがとうございます」

担当者とはレストランで解散して、続いて水族園に向かう。ここの交渉は大変だった。受付で小一時間粘って、ようやく運営担当の一人と話すことができた。物腰の柔らかく、ふくよかな体型の男性だった。事情を話すと、渋い顔をされる。これが普通の反応だろう。諦めかけたが、再び目を合わせてきた男性の表情は、前向きなものに変わっていた。

「わかりました。指輪はこちらでお預かりします。しかし目的の男性を、我々はどう見分けたらよいでしょう」

「写真を持ってきています」

二人で写った写真の一枚を彼に預ける。それからこう続けた。

「暗がりのなかで顔がわかりづらいと思うので、手がかりをもうひとつ。マグロの回遊コーナーで何時間もうろうろしてる男性がいたら、声をかけてみていただけないでしょうか。あと、もしかしたら、女性も同伴しているかもしれません」

「いつになるかはわからないんですね？」

「早くて三か月後、もしくは半年、一年かも。それ以上かかることも」

男性は覚悟を決めたように、うなずいてくれた。水族園をでるとき、ついでに館内を少しだけ案内してくれた。前回きたとき、詳しく解説してくれる人が欲しいと思っていたので、この心遣いは嬉しかった。

館内をでると、ちょうど観覧車の営業時間が過ぎたところだった。地図に沿ってまっすぐ観覧車を目指す。観覧車の入口では、すでに事情を把握してくれているスタッフが待っていて、私をゴンドラへと案内してくれた。

「座席の下の一部分は一応空洞になってます。スペースは狭いですが、手紙くらいは入るかと」スタッフが言った。

「問題ありませんか？」

「手紙一通くらいなら大丈夫ですよ」

スタッフは笑う。

「いつも誰かが報われなくて、理不尽なことばかりで、大変なことがたくさんの世の中だから、小さな奇跡くらいは起こってもいいと思うんです」

「ありがとうございます。本当に」

「ちょっと乗っていきませんか？　夕陽がきれいだと思いますよ」

スタッフの言葉に甘えて一周だけ乗っていくことにする。ついでにゴンドラ内で手紙を隠す作業に入る。説明通り、シートの下に金網があって、ネジで留めてある。予定では指輪をドライバー代わりにして開ける計画だ。サイズがあうか心配だったが、問題はなさそうだった。指輪とほぼ同じ厚さの五百円玉で試すと、見事に成功した。

手紙を隠し終えると、タイミングよく頂上についた。スタッフの言ったとおり、夕陽がびっくりするくらいきれいだった。未来の博人くんは何時ごろ、この頂上にやってくるだろうか。同じ場所にいるのに、時間が違うだけでこんなにもさびしいことを知った。いま向かいに彼がいたら、どんな会話をしただろう。

地上につき、シートをそっとなでて、ゴンドラを降りた。

オリンピック公園のサイクリングセンターの男性は、「責任重大だなぁ」と困惑しながらも、最後には引き受けてくれた。

「あなたのことを聞いてくる男性がいたら、そのひとに手紙を渡せばいいんだね？」

「はい、どうか、お願いします」

「ほかにするべきことはあるかな？」

「彼が選んだ自転車のカゴに手紙を入れてもらえれば、それで大丈夫です。あ、でもいまから言う自転車以外のカゴには入れないようにしてください」

タンデム自転車にはそれぞれ動物のイラストが描かれていた。ホームページで事前に調べていたので、自転車のデザインがリニューアルされていることは知っている。今回の手紙の旅の趣旨に合わない動物がいるので、それを選ぶ。ライオンとキリン、それにゾウ、ワニもアウト。サメはセーフ。強いて言うなら四番のイルカが選ばれるのが理想。

サイクリングセンターのスタッフに言伝《ことづて》をして、午前中のうちにはオリンピック公園をあとにする。本当は講義を受けているであろう薫子の顔も少し見てみようかと思ったが、いまはこちらを優先させることにした。
次の仕掛けが待っている。

第三章

熱がでて二日ほど寝込んだ。夢は見なかった。嘘のように熱が下がった三日目、とつぜん、就寝場所の引っ越しを思い立った。ソファから寝室へ移る。移るというより戻る。だけどその前にしなければいけないのは掃除だった。

一日半かけて掃除をした。ゴミを分別してゴミ袋に納め、袋が足りなくなると買いにでかけた。ゴミ回収の曜日ごとにゴミ袋を廊下に並べると、見事な隊列ができあがった。何かとても大きな戦争が起こり、激戦地へと行進する軍隊のようだった。

ひさしぶりのベッドでの目覚めは、それほど悪いものではなかった。学生時代から使っていたラジカセをひっぱりだし、前日の夜からラジオをつけっぱなしにしていた。起きると誰かの声が流れ込んでくる。横を向いても一花はいないが、ラジオの内容に耳を傾けることで、孤独から意識をそらすことができた。

一花は僕のために手紙の旅を用意してくれている。そんな彼女に、何か、行動で報いたいと思った。それでソファでの就寝から卒業することにした。

ベッドから起き上がり、肩をまわすと、なぜか少し凝っていた。少し緊張していたのかもしれない。ひとまずは無事に眠ることができたので安心する。寝間着にしているジャージを脱いで、着替えの入った棚から適当に服をだす。この棚も一階から持ってきたものだ。就寝も着替えも、ぜんぶこの寝室で行おうと考えていた。寝る前には本棚から一冊拝借して読書をしてもいい。本の扱いには一花は厳しいから注意しないといけない。間違っても外にはだせない。汚しでもすれば、本物の幽霊がでてきそうだ。

カバンを持ってリビングに降りると、僕の存在に気づいたように、ぴしゃん、とアゲハが水槽のなかで跳ねる。水槽の横にあるラックから餌を出すと、もう少なくなっていた。残りをすべてやると、面白いように喰いつく。水面に浮いた餌を、順番に口に吸い込ませている様子はずっと眺めていられる。

麦茶を一杯だけ飲んで外にでた。カバンに一花の手紙が入っていることをもう一度だけ確認して、満足し、歩きだす。

『熱帯魚店　からふる』についたのは、開店とほぼ同時だった。店のシャッターを開ける円谷さんと出くわして、挨拶のために手をあげた。彼女は表情を変えず、お辞儀だけを返してきた。

「ナンヨウハギの餌を買いにきたんです」

「ろ過機のフィルターもお安くしますよ」

「じゃあ一緒にもらいます」

円谷さんとともに店に入る。店員は彼女一人だけのようだった。平日の午前中はほとんど客足はないので、十分なのだと言う。

「そういえば、餌を買いにくる以外にも用があった」

「謎解きですか？」

「察しがいい。ひとりだと行き詰まってて」

円谷さんがかすかに笑った。彼女にしてはわかりやすい表情の変化だった。客として店にくるより、むしろそちらの話題を振ってくるのを待っていたようだった。

駒沢オリンピック公園で次の問題の入った封筒を見つけたあと、昼からのシフトがあった円谷さんとはあのまま現地で解散することになった。昼食をとりながら近くの定食店で手紙を開封してみたが、一人ではいまだに解明に至っていない。

というのも、今回もこれまでのパターンとは逸脱した問題だったからだ。円谷さんに封筒に入っていた便せんと、問題が示されたカードを一枚ずつ差し出す。便せんにはいつも通り一花からの一言が添えられている。

宇宙が果てしないことがわかっているのと同じくらい、博人くんがここまでたどりついていることも、私にはわかりきっていることです。

もう一枚のカードには、問題文が書かれている。

第五問：
今回のヒントは、『クラゲは水に強い』。

きみなら大丈夫。きっとできる。

一瞬だけ顔をのぞかせ、そして走り去っていく彼女の言葉。相変わらず、ひらがなの「し」と「て」と「く」が読みにくい、独特の字だ。

「問題文って、これだけですか？」

「ひっくり返してみるとわかる」

円谷さんが問題文の書かれたカードをひっくり返すと、あ、と声をあげる。一面が水彩のイラストで彩られていて、描かれているのは海のなかをただようクラゲの姿だった。今回はイラストを使った問題だ。

全体的に濃い青と淡い青の絵の具でバランスよく海中が表現されていて、見ていてもぐりたくなるような雰囲気がある。

一花の絵ではなく、誰かに描いてもらったのだということだけはわかる。彼女に絵ごころはない。あるとき、気まぐれで一花の描いた落書きを見せてもらったことがあった。アメーバを描いたのかと指摘したら、牛だと怒られた。

「この絵のなかに次の手がかりの場所が隠されているということですよね」

「そうだと思う。たとえば、このクラゲの種類が関係しているとか？」

「種類ですか」

「絵のクラゲが棲んでいる地域に手がかりがあるかな、とかは考えてみた」

僕の仮説を聞きながら、視線は絵から離さない円谷さん。そして答えが返ってくる。

「たぶんミズクラゲだと思います。ミズクラゲは全国のどの海にも普通に棲んでます」

「なるほど。アテが外れたか」

「ヒントはなんでしたっけ」

「『クラゲは水に強い』。こんなこと誰でも知ってる」

海のなかで暮らしている生き物なのだから、水に弱くてどうするのだろう。ヒントが解答者をさらに戸惑わせる。

「ひとつだけ、気になることはあります」

円谷さんがカードのなかで泳ぐ、クラゲの一部分を示してくる。

「ここ。口腕《こうわん》っていうんですけど、見たところ三本しか描かれていません。ミズクラゲの口腕は普通四本なんです」

口腕というのがどういうものかは知らなかったが、クラゲのカサの模様のことを言っているのだとわかった。カサの表面の模様を花柄とするなら、花びらの枚数が三枚しかないと円谷さんが言っている。

「口腕は文字通り、クラゲにとっての腕のようなもので、触手よりも太いのが特徴です」

「この伸びている三本は、口腕なのか。触手というのだと思ってた」

「勘違いされがちですけれど、触手はカサの端に生えている小さい毛の部分のことを言います。何百万本、何千万本っていう数ですよ」

「なるほど」

そのとき、入店のベルが鳴った。出入り口を見ると若い男女の二人組が入ってくるところだった。

接客の邪魔をしては悪いと思い、店をでることにした。

「それじゃあ、また連絡します」

「あ、待って」

円谷さんは素早く携帯をだし、僕の持っているイラストを写真に撮った。

「絵をもう少しよく見てみます。何かわかったら、私も連絡します」

「ありがとう」

お礼を言って、男女のわきを抜けていく。通り過ぎる途中で会話が聞こえてきて、これから一緒に住もうとしているカップルだとわかった。早足で店をでた。

余計なことを考える前に、帰りにスーパーに寄って買い物を済ませようと決めて、買い物のリストで頭のなかを無理やり埋めた。

買い物袋で両手がふさがり、玄関の前で鍵を開けるのに少し手間取った。何とか家に入り、そのままリビングへ向かう。ドアを開けると予想外の声が出迎えた。

「おかえりなさい」

ソファでくつろぎ、テレビを観ている薫子ちゃんがいた。

ウィッグはつけたままで、この前とは違う服装だった。付き合ってすぐのころ、一花が同じ服を着ていたのを見たような気がする。薫子ちゃんはいったいいくつ、彼女の服を持っているのだろうか。

「博人くんっ、さっきテレビでやってた映画の予告が面白そうだったよ！　世界的に有名なミステリ小説が原作なんだけどさ」

「合鍵を使って入ったのか」

「……やっぱもう騙されてくれないか」

諦めるようなことを言いつつも、薫子ちゃんはウィッグを外さない。僕が外そうとすれば手を叩かれそうな雰囲気があったので、やめておいた。

薫子ちゃんの横を通り過ぎて、キッチンまで向かう。買い物袋の中身を冷蔵庫にしまっていく。薫子ちゃんをひとまず受け入れることにして、自分は普段の生活を続けることにした。ちらりと振り返るが、彼女は同じ態勢のままテレビを観ている。

「返してほしい？　合鍵」

「いや、持っていていいよ」

返事すると、ようやく薫子ちゃんが振り返ってきた。予想していない言葉だったらしい。激しく動いたせいか、ソファでくつろいだせいでずれたのか、ウィッグの間から彼女の地毛が見えた。

「どういうこと？」

「そのままの意味だよ。鍵は持っていていいし、いつきてくれてもいい。家もなるべく片付けておくよ。それに返すもなにも、もともときみのだ」

「不用心ね」

「きみがきても、困ることはない」

むっ、と薫子ちゃんは眉をよせる。油断していたところにその仕草がでてきたので、思わず呼吸を忘れてしまった。彼女自身はどうやら気づいていない。不機嫌になる瞬間のそのしぐさは、一花とそっくりだった。わざとらしく演技をされるよりも、こっちのほうが、僕にとってはずっと効果的だった。

「仮装はやめないから、この先も」

「かまわない。この前はとめたけど、よく考えればきみの自由だ」

本当をいえばやめてほしかったけど、そういう心の隙は、見せるべきではないような気がした。薫子ちゃんはさらに不機嫌そうになり、ソファから立ち上がる。

「どこにいくの？」

「帰る。つまんない」

薫子ちゃんがリビングのドアノブに手をかけた瞬間、腹の鳴る音が部屋に響いた。僕の腹かとも思ったが違った。

「インスタントラーメンでいいなら、つくるよ。テーブルについてて」

「座るわけないじゃん」

「その格好のきみと食事をとったら、僕は一花と過ごしているような気分になってしまいそうだけどね」

半分本当で、半分嘘だ。薫子ちゃんは数秒迷ったあと、方向転換し、黙ってテーブルについた。

料理ができないので、ありったけのインスタント食品をだすことにした。湯煎するだけのハンバーグ。カット済みのサラダ。レンジでチンして完成のからあげ。お皿にならべれば、ある程度の見栄えにはなった。

「ばかじゃないの。こんなに食べられない」

「余ったら僕も食べるよ」

最初はしぶしぶという風に箸を動かしていたが、やがて口に運ぶペースがどんどん速くなっていた。麦茶の入ったコップを置いてやると、すぐに飲み干した。相当空腹だったらしい。普段はどんな生活を送っているのだろう。大学にはまだ通っているのか。

目の前で一花の服を着て、一花の髪型をしている女の子。見た目は確かに彼女そっくりだ。だけど化粧気のない、若さと呼ぶ化粧水だけを取りこんだ肌や、箸の微妙な動かし方には違いがある。それで安心していると、逆に一花とそっくりな動作も見つけてしまうので、やはり侮れない。

気を紛らわせるために、僕はカバンから一花が遺した問題の絵を取り出した。

「せっかくだから、薫子ちゃんも手伝ってくれ。この絵が次の問題なんだ」

てっきりすぐに断られると思った。冗談じゃない、あんたのことが嫌いなのに、どうして協力しなくちゃいけないの、とか、そんな言葉が返ってくるのを覚悟していた。だけど薫子ちゃんは食事の手をとめて、絵の描かれたカードを手に取った。

「クラゲ? お姉ちゃんの絵じゃないね。誰かに描いてもらったんだ」

「さすがにすぐわかるんだね」

「お姉ちゃんが犬を描くとUFOになるから」

「はは、簡単に想像できる」

同じ痛みを持った者同士が、同じ人物について語りあうこの空間は、嫌いではなかった。自分の性格的にそういうのは合わないと思っていたから、意外でもある。

薫子ちゃんはクラゲのイラストと、裏面の問題文をちょうど同じ時間だけ眺めたあと、おもむろにコップを持って立ちあがった。冷蔵庫から麦茶のペットボトルを取り出すのかと思ったがそうではなく、シンクで水を一杯汲んで戻ってくる。

「ごちそうさま。帰る」

「送っていこうか?」

そんなのいい、という意味を込めて舌うちが返ってくる。薫子ちゃんは自分で汲んできたコップの水を一口も飲まず、そのままリビングを出ていこうとした。

「飲まないのかい？」

「昼食分の借りはそれで返したから。あとは自分で考えろ」

リビングのドアを乱暴に閉めて、薫子ちゃんは去っていった。いまだに意図のつかめないコップ一杯分の水が、空になった皿とともに取り残される。

コップはひとまず放置して、洗い物を済ませることにした。薫子ちゃんの行動の意図を考えながら手を動かしていると、スポンジについつい洗剤をかけすぎてしまう。薫子ちゃんは問題文を読んで何かに気づいたのだろう。様子を見る限り、それほど時間をかけず解けたようだった。難しく考える必要がなかったということか。

そして最後の皿を拭いているとき、唐突に理解した。

「……あ」

食卓のテーブルに戻り、カードをつかむ。ひっくりかえして問題文を読みなおす。ヒントの一文をあらためて読んで、コップの水の意味がわかった。

「『クラゲは水に強い』」

コップの水と一緒に、イラストのカードをシンクに持っていく。

クラゲの描かれたイラストに、そっとコップの水をこぼしていく。水がカードにかかり、濡れ始める。

コップの水をすべて注ぎ終えると、さっそく変化があらわれ始めた。具体的にいえば、イラストのなかで水の影響を受けている部分と、そうでない部分があらわれていた。

クラゲのカサの部分は影響を受けていない。背景の海も同様で、防水加工がしてあった。ただし触手から下、半分が滲《にじ》んでいた。背景の海も薄くなってしまっている。明確な、色の変化だった。

水に濡らすことであらわれる変化。変わったのは、海の色。クラゲの触手側のほうが薄くなった。

そうだ。海には海面と海底がある。海面は光を浴びて、海底よりも色が淡くなる。

イラストを見たとき、僕はクラゲのカサが上を向くように見るのが、このイラストの正しい見方なのだと思っていた。だけどそうではないとしたら。触手側が海面を向いていて、カサが海底を向くようにして見るのが正しい位置なのだとしたら。

イラストを逆さまにして眺める。そしてとうとう、正体をつかむ。

「薫子ちゃん、ありがとう」

円谷さんはすぐに電話に出てくれた。ちょうど休憩時間らしい。僕の熱を帯びた口調から、彼女はすぐに察したようだった。

「なにかわかったんですね？」

「うん、これは……」

説明しかけて、とまる。

僕は当然のように今回も、円谷さんにメッセージ探しの旅を手伝ってもらおうとしていた。そこにフィルターがかかるみたいに、薫子ちゃんの言葉が浮かんでくる。

『お姉ちゃんがもういないから、代わりにあの人をお姉ちゃんにしようとしているんじゃないの』

一花の幽霊は結局、存在しなかった。だけどなりすましていた薫子ちゃんは、本物みたいに迫力があった。本物の一花が、僕に言っているみたいだった。

「今回は、ひとりでいこうかと思うんです」

「どうしてですか?」

「実は、ある人に釘を刺された」

これが電話で、少しほっとしていた。目の前に円谷さんがいたら、僕はきっと彼女と目を合わせられなかっただろう。

てっきり、そうですか、とそのまま引くのを予想していた。深くは追及してはこないだろうと。だが違った。

「薫子さんですか」

「え?」

「一花さんの妹。この前、公園で変装しているのを一緒に見かけた子」

「どうして、薫子ちゃんのことだとわかったんですか?」

「ただの勘です。当たってたみたいですね。よければ教えてくれませんか」

訊《たず》ねてくるなんて、思っていなかった。そのはずなのに、一方で彼女の言葉を待っていた気もする。自分で自分がよくわからない。

僕は薫子ちゃんから言われてきたことをすべて明かした。さっきまで会っていたことも、警告されたことも、恨まれていることも、すべて隠さず話した。円谷さんは黙って聞いてくれた。

「確かに妹さんから見たら、わたしは桐山さんと一花さんの思い出の場所を、土足で踏みにじっている部外者に映るかもしれません」

「僕は踏みにじっているとは思わないけど、そういう経緯もあるから、ひとりで探そうと思ってます」

「桐山さんの考えを尊重します。でもその前に、私もひとついいですか？」

静かな口調のなかに宿る、確かな意思。彼女はこう続けた。

「妹さんの考えも理解できます。けど、できるところまで私も手伝いたい。熱帯魚店で一花さんが手紙を託しに来た日、あのひとに言われました。『手伝ってあげて』と」

「そんなことを？」

「信じるかどうかはお任せします」

「……いや、きっとそうなんでしょう。例のオリンピック公園の問題はきみの存在ありきで作られていた」

円谷さんの雰囲気や考え方は、僕とよく似ている気がする。だけど、譲れない芯を持っていて、そういうところは、一花と重なる。僕と一花が抱えている要素の両方を、円谷さんは持っている気がする。

一花も、そういうところに気がついたのではないだろうか。手がかりを熱帯魚店に託したとき、そこで円谷さんと会話したとき、僕と同じように、何か感じるものがあったのではないだろうか。

理屈を色々と並べ立てたが、何より僕は、円谷さんがいてくれるのが心強かった。薫子ちゃんの言葉を忘れたわけじゃない。あの恨みのこもった視線を、見なかったことにするわけではない。けれど。

「それじゃあ、ちょっと旅行にいきませんか?」

「へ、え?」

電話の向こうで物が落ちたような音がした。円谷さんが店の道具か何かを落とした姿を想像した。これまでで一番大きなリアクションが浮かんだ。申し訳ないことをしてしまった。

「次の問題の答え。一花と旅行に行った場所なんです」

「なるほど、そういうことですか。それで、行き先は?」

僕は答える。

「伊豆」

翌週の月曜日、おなじみの最寄駅に集合して、まずは横浜駅へ。集合は少し早めの九時にしていた。目的地に着くのに電車で四時間かかることがわかり、現地での手紙を探す時間も考えての集合時間だった。新幹線を使えば一時間ほど早くつくが、円谷さんが新幹線は酔うというので、在来線を乗り継いでいくことにする。

「休みのたびにすみません」

「いえ。ついこの前、店長が復帰して、私も休みが取りやすくなりました」

横浜駅から東海道線に乗り換え、ここからしばらくはまた移動。大船駅近くになると席が空いたので、前寄りの車両に移動しようと提案した。予想していた通り、四人掛けのボックス席の車両があらわれる。窓際の席を二人で埋めた。

「この箱型の席、旅という感じがしていいですね」

「一花が前に教えてくれたんです。前寄りの車両の席はこのタイプが多いらしい」

「今回の問題の答えは、なんだったんですか？　伊豆を指すもの？」

「正確に言うと違います。でも行先は伊豆で間違いない」

断言できるのには、いくつかのポイントがある。

電車の旅はまだ続くので、問題のカードを見せながら説明することにした。

『水に強い』というヒントにあったように、水に濡らすことであれは完成する絵でした。海底と海面がどちらかわかるようになるんです。海底を上に向けるようにするのが、あのクラゲの絵の正しい見方」

「カサが下に向いているということですよね」

「そして円谷さんが教えてくれた、口腕が三本という点。これが大ヒント」

僕はカバンからペンをだす。勤め先での打ち合わせ用に使うメモセットを持ってきていた。一ページに大きく、答えを書きだしていく。

クラゲのカサを下に向けて、そこから線を三本。答えはシンプルだ。

♨

「あ、温泉」

「そのとおり。次の手がかりは温泉にまつわる思い出の場所です」

「でも、温泉旅行なら他にも行かれたことがあるんじゃないんですか？」

「確かにいままで何度か行ってます。だけどこの手紙の旅に、一花はしっかりと時系列順というルールを定めて、目的地を設定してる。そしてプロポーズ後に訪れた温泉旅館は一つ」

「それが伊豆」

「下田温泉っていうのがあって、旅館から見える海がきれいだった。彼女が入院する前に行った最後の旅行先だ」

手紙の旅は時間の旅でもある。過去から現在に追いつくように、順番に目的地を踏み歩いている。歩き直している、と言ってもいいかもしれない。僕は一花との思い出をたどっている。

この先も時系列順に目的地が設定されているなら、候補地もかなり絞りやすくなってくる。だけどそれは同時に、一花と過ごした思い出を消化しきるという意味でもある。

最初の手がかりの場所だったみなとみらいは、一花と出会って初めてデートをした場所。交際を始めたあと、僕らはナンヨウハギを買いに『熱帯魚店　からふる』に行った。付き合い始めて約二年が経ち、葛西臨海公園でプロポーズ。その三か月後には引っ越し、同棲を始め、さらに結婚式の準備で慌ただしくなる前にと、伊豆に旅行に行った。

熱海に近くなったところで、海が見える時間が長くなってきた。海沿いを走る車道と並走する場所もあり、景色も良かった。

「前回もこの電車できたんですか？」

「いや、一花のときは車で行ったよ」

「免許持ってるんですね。意外です」

「車は持ってなかったから、レンタカーだったけどね」

線路とちょうど並走する道路。

あの車線を、赤いレンタカーで走っていた。過去といまの時間を重ね合わせるように、視線の先にその車を思い描く。行きは、一花がハンドルを握っていた。

◆

◆

◆

「おわっ！」

二人で同時に叫ぶ。車が車線をはみ出しそうになっていて、一花があわててハンドルを戻す。ラジオではちょうど、ボブ・ディランの『ノッキン・オン・ヘブンズ・ドア』が流れだしていた。縁起でもないと思った。

「ごめんごめん。海に見とれちゃって」ハンドルを握りなおし、一花が言った。

「やっぱり運転代わろうか？　もともと僕が運転するつもりだったし」

「いいの、車で行きたいって無理言ったの私だし。博人くんは帰りよろしく」

旅行先を伊豆に決めて、ガイドブックに海沿いのドライブが気持ち良いと書いてあったのを一花が見つけた。二人とも免許は持っていたから、車で行かない理由はなかった。レンタカーを借りて、まずは海にでて、鎌倉から海沿いをずっと走っている。ガイドブックにあったとおり、眺めは抜群に良い。

ラジオからスピッツの『青い車』が流れる。車の色が違うことをのぞけば、ぴったりの曲だった。ほかにも知っている曲があれば、一花と口ずさんだ。二人とも音程が外れていた。

窓を少し開けると、暖房で温まった顔が適度に冷やされ、気持ち良かった。海風で端のあたりが少し錆びた標識と、車内のナビを見比べて順調に進む。

途中で道が内陸側に向かい、いくつかのトンネルを経由し、また海沿いに戻ってくる。旅館の手前で海鮮がおいしいと有名な食堂に寄って、昼食をとった。食べ終えたあと、一花があくびをして目をこすりはじめたので、結局、運転を交代することにした。快調に走って、旅館につく。

木造の趣のある旅館だった。『汐日荘《しおひそう》』と、旅館の名前が彫られた看板が目に飛び込んでくる。海に近いはずなのに、建物も看板も、行きで見た標識のように錆びた所が見つからないのが不思議だった。

駐車場にとめている間、一花がチェックインを済ませてくれていた。女将《おかみ》さんに案内され、客室に向かう。

「うわ、すごい。きれい！ きてよかった！」

女将さんが開いてくれたカーテンから広がる景色に、一花が飛び跳ねる。さっきまでの眠気は吹っ飛んだようだ。確かに見事な海が広がっていた。夕方に近いのか、光が反射してさらに幻想的だ。

一花が窓から離れないので、僕が代わりに女将さんから館内の説明を聞いた。女将さんが部屋をでていき、窓にはりつく一花に合流する。横に立つと、とつぜん抱きつかれた。支えきれず、近くの椅子にそのままもたれかかる。

「ねえ博人くん」

「どうした？」

「好き」

彼女にしてはあまりにもストレートな言葉に、不意をつかれる。じわり、じわりと、その言葉が体のなかにしみこんでいくのを味わう。

「めずらしいね、好きなんて言ってくれるなんて」

「この旅行中しか言ってあげないから、しっかり堪能するように」

抱きついていた彼女を起こし、キスをする。腰に手をまわすが、「それはまだ早い」と、あっさり叩かれてしまう。

「海、行ってみよ」

手をひかれ、そのまま連れ出される。旅館のフロントで鍵を預けるついでに、仲居さんに海岸のちょっとした豆知識を教えてもらえた。

「下田海岸はクラゲが少ないことでも有名なんですよ。残暑の時期もほとんど刺されないので、わざと時期をずらして宿泊される方もいらっしゃるくらいです」

右目の下にホクロがある仲居さんは、一花と同じか少し上くらいの年齢に見えた。

旅館前の通りを渡る。渡った先のガードレールが凹《へこ》んでいたので、車に警戒する。道路沿いに取り付けられた階段を降りると、そこはもう砂浜だった。三月で寒さの峠は越えたとはいえ、まだ肌寒い。

一花が上着のポケットからビニール袋を出したので、何をするつもりなのか訊いた。

「貝殻を集めようと思って」

「何のために？」

「きれいだから」

「それだけ？」

「海で貝殻を拾うのは、キスしたあと腰に手が伸びるくらい、当たり前のことなんだよ」

僕にもわかりやすい説明だった。貝殻集めを手伝うことにする。砂浜に落ちる二人分の影を見て、水平線に視線を向ける。夕陽がきれいだと彼女に教えたが、いまは貝殻に夢中なようだった。途中でガラスの欠片も見つけて、一花はとびついていた。ビール瓶か何かの欠片だと思うが、波に運ばれるうちに角が丸くなったらしく、触っても痛くない。

ビニール袋の半分ほどが貝殻とガラスで埋まり、一花はそれで満足した。裸足になって海にも入ったが冷たくて楽しくないと、すぐに上がってきた。

手をつないで砂浜を歩く。お互いの手についた砂がこすれあって、ちくりと痛む。温かく、心地いい痛みだった。

旅館に帰ったあとは、貸し切りの予約をしておいた露天風呂を楽しんだ。浴衣《ゆかた》に着替えて、部屋に戻ってからは夕食を味わった。夜には、部屋に到着したときに中断されてしまった続きをした。

「ねえ一花」

「なに？」

「僕も好きだ」

「知ってる」

海からまっすぐ伸びてくる月の光に照らされる女性が、これほど美しいのを、初めて知った夜だった。

翌朝、目覚めると、隣に彼女の姿がなかった。一花は先に起きていて、窓際の椅子に座って海から昇る朝日を眺めていた。近寄って一緒に朝日を見る。彼女は僕の肩に頭を預けてきた。

一花と同じタイミングで感嘆の溜息をついた。夕陽が落ちる瞬間とはまた違う、あわく、それでいて力強さを感じさせる光だった。

「またきたいな。この光景をまた見たい」

「何度でもくればいいよ。毎年、この時期に訪れることにしてもいい」

「いいね、それ。そうしよう」

約束、と一花が小指をだしてくる。子どものようだと、茶化したりはしない。僕も自分の小指を差しだして、約束、と結んだ。きっと叶うだろう。

◆◆◆

駅を出て、子どもが使うサッカーコートほどの広さのロータリーからバスに乗った。行き先が合っているか不安だったので、乗車する前に運転手に確認を取った。ほかの観光客からも同じような質問を何千回と受けているのだろう、運転手はぶっきらぼうに正しいことを告げてきた。

「知らない町のバスに乗るときって、なぜか妙にそわそわする」僕が言った。

「学校で隣のクラスに遊びにいくような緊張感ですね」

「ああ、懐かしいけどまさにそんな感じかもしれない」

世界の誰のためにもならないような雑談を繰り返し、バスに揺られる。

下田海岸が目の前に広がるバス停で降りて、海沿いをまっすぐ進む。記憶通りならそろそろ旅館が見えてくるはずだった。

「あれだ」

ゆるいカーブを曲がった先に、とうとう旅館が見えてくる。木造の趣のある建物で、正面が堂々と海を向いているたたずまいは、前回来たときとまったく変わっていなかった。道路を渡った先には、凹んでいるガードレールがある。あの近くに海岸に降りられる階段もあるのだ。間違いない、あそこから僕と一花は海に歩いて行った。この場所だ。

だが旅館に近づくと、様子が少し変だった。出入り口がチェーンで封鎖されていて、車の乗り入れができなくなっていた。旅館のなかも薄暗く、人の気配がない。何より、出入り口付近に立てられていたはずの、『汐日荘』と書かれた看板が外されている。

「もしかして、休業日でしょうか」

「休みならわざわざ看板は外さない。工事があるとか」

「でも業者がいません。チェーンがあるので車も入れませんし」

嫌な予感にかられて、チェーンをまたぎ敷地内に入る。円谷さんが小さく声をかけて制止しようとしてきたが無視をする。結局、後ろからついてくる足音があった。

玄関ドアの大きな張り紙が目に飛び込む。冒頭に書かれた大きな文字を読んで、体の力がゆっくり抜けた。

『閉業のお知らせ』

一花が手がかりを遺した旅館は、なくなってしまっていた。

一〇分以上はその場にいたかもしれない。どうしていいかわからず、呆然とする僕に円谷さんが言ってきた。

「とりあえず海に行きませんか」

「……そうですね、散歩しましょうか」

目的地が急に失われて、その不安や戸惑いは、立ち止まっていればいるほど、ますます膨れ上がってしまう。彼女の提案通り、状況が変わらないならまだ海を歩いていたほうがマシであるような気がした。

近くの階段を使い、砂浜に降りていく。

「私、貝殻を拾いたいです」

「どうして？　何かの研究？」

「貝殻を拾うのに理由はありません」

そんなことをいちいち聞くな、という風に、少し不機嫌そうな顔をされる。それで思い出す。こんな会話を、確か一花ともした。あのときの彼女も海に行きたいと言って、貝殻を拾っていた。

海風に円谷さんの髪が揺れる。カーテンがはためくような、規則正しく統率された動きをしていた。カーテンというよりはテーブルクロスかもしれない。料理人が客にもてなしをする前に、テーブルクロスを敷く。そんなときに見せる布の動き方。

「こっちはアズマニシキで、こっちは、ヒオウギガイです。波や砂で削られて形が変わるから、面白いですよね」

一緒にしゃがみこみ、円谷さんの見つけた貝殻の説明を聞く。ああ、これはわかりやすく現実逃避をしているな、と思う。

ここにきたとき、一花は貝殻集めのあと、裸足になって海に入った。冷たくてすぐに上がってきたのを思い出す。

一花。彼女が遺したメッセージ探しの旅。それがいま断絶された。

ふと、循環という言葉を思い出す。この世界に滞留はない。物事は動き続けている。旅館の取り壊しも、そんなルールに当てはまった事象の一つだ。僕は目的地を失った。

そのときだった。円谷さんはおもむろに立ち上がり、持っていた貝殻を砂浜に置いて、海に向かってしまった。ボーッと眺めていたせいで、その事実が遅れて頭に届き、反応できない。波うち際で靴を脱ぎ、彼女は裸足になった。

「お、おい！」

動揺し、思わず叫んでしまう。靴の並べ方に死を連想させるものがあったからだろうか、それとも、何か大きな糸で操られているみたいに、急に行動を変えた彼女が怖かったからだろうか。

今度は彼女の名前を叫ぼうとしたが、その直前で円谷さんは戻ってきた。片手に持っているのは、ビニール袋だった。それでようやく、彼女がいきなり海に向かっていった理由がわかった。

「この近辺にはいませんが、流れついてイルカなどの哺乳類が食べてしまうこともあるんです。放っておくと危険です」

「びっくりさせないでください」

「びっくりさせてしまいましたか。すみません」

一花の行動をそのままなぞるようだったから、一瞬だけ、本当に取り憑《つ》かれたのかとも思った。だけどそれは言わないことにした。

砂浜にあがっても、円谷さんは裸足のままだった。片手に靴下の入った靴を持っていることに、遅れて気づく。

「靴は履かないの？」

「濡れたときはわざと砂をつけるんです。そうすると体の水分を砂がぜんぶ吸ってくれて、乾くと落ちていってくれます。祖父が教えてくれました」

「へえ、知らなかった。でもガラスや貝殻は踏まないように気をつけて」

「祖父は流木の破片をふんづけて血を流していました」

心配になるようなことを横でつぶやいて、砂浜をあがり、階段を目指す。さすがに上がり切った先の道路に出る手前では、円谷さんも靴を履いた。そして彼女の言うとおり、砂は見事に落ちていた。

「このあとの予定は」円谷さんが訊いてくる。

「わからない。行き詰まりです。一花はこの旅館が残っていることを想定して、手がかりを残していたはずだ。この場所に隠したのか、それか、ここで働いていた誰かに預けたのか。どっちにしても跡形もなく消えてしまった」

「私は何かうまくいかないことがあったり、嫌な気持ちを抱いたりするとできるかぎりの手段で現実逃避をするようにしています」

「さっきの海岸の散歩みたいに？」

「そうです。考えつくだけ逃げて、避け続ければ、いつか逃げ道もなくなる。そうすると答えが見えてきます。逃げ道の先の活路です。そのために現実逃避をします」

「でも、この場で思いつく現実逃避って、何だろう」

「温泉に入ります。お昼ご飯に舌鼓を打って、それからお酒でも飲みましょう」

とても魅力的な提案に感じた。

駅の近くに日帰りの入浴施設を見つけて、そこに入った。昼間ということもあってか、露天風呂にはほかに客の姿はなく、貸切で自由に移動できた。まわりを囲う岩のなかから、自分の頭に合う形の岩を見つけたときが一番幸せだった。なるほど、僕は立派に現実逃避をしている。

少し前の自分には想像もできない光景だった。家に閉じこもっていた自分に、いま、露天風呂につかっていることを伝えたら、どんな顔をするだろうか。僕を家から引っ張りだしてくれたのは一花で、いま、横で一緒に歩き、導いてくれているのは円谷さん。二人の女性に助けられている。それをよく思わない人もいる。あの子はどうしているだろうか。僕の家の近くで、いまも仮装をして、潜んでいるのだろうか。

風呂からあがり、着替えてでると、休憩スペースで円谷さんが待っていた。彼女は館内着である浴衣に着替えていた。郷に入っては郷に従うタイプなのだろう。基本的に表情は変わらないけど、感情は豊かなひとだ。

料亭を模した食事スペースがあり、僕らはそこで昼食をとった。和風料理が並び、向かいの相手が浴衣を着ていると、本当に旅館に来ているようだった。

食事の途中で酒を追加で注文することにした。ビールと日本酒があって、ビールを選んだ。あっという間に二人で飲みきり、二本目を注文する。

「もしかしたら、ここらが潮時なのかもしれないな」

テーブルに置いたクラゲのイラストが入ったカードを眺めながら言う。

「そういう運命だったのかもしれない。メッセージにはたどりつけない。旅館がなくなってしまったのも、僕にはたどりつく資格がなかったから」

僕の愚痴を、円谷さんは黙って聞いてくれていた。そんな彼女の頬が赤くなりだしたのは、注文していたデザートのアイスクリームがテーブルに並んだときだった。スプーンでアイスの表面をいじりながら、円谷さんがこう漏らした。

「桐山さん。唐突な疑問を投げてもいいでしょうか」

「ここ数週間で唐突さには慣れました」

「愛って、なんでしょうか」

「本当に唐突だ」

僕という液体のなかにその言葉が入り、じんわりと混ざっていく。体になじんでいくのを待ち、そして答えた。

「一言で説明できる自信はないな。どうしてそんなことを？」

「愛は無私の精神だなんて、よく言いますよね。誰もが持ってる必需品みたいに語られる。だけど私にはわからないんです。そんなもの、本当にあるんでしょうか」

「母親は子供を守ろうとする。それは愛じゃないでしょうか」

「母親は『子供がいる自分』という身分を、守ろうとしているかもしれませんよ。

疑い出したらキリがありません。私はまだ、本物の愛というものに出会ったことがない」

　円谷さんは残っていたビールを飲みほす。僕もそれに付き合う。まわりの客もお互いの会話を楽しんでいた。いくらかは騒いでいるグループもあったが、不思議と彼女の声はよく届いた。

「私は本当はクズなんです。常識や節操がなく、倫理感も欠けている。コミュニケーションが苦手な社会不適合者なんです。卑怯なんです。卑劣なんです」

「一緒にいる限り、そうは見えないけど。純粋な人に見える」

「お二人が店にやってくるたびに、なんとなく見ていました。どちらか片方が魚の餌やろ過機を買いにきたときも、気づけば目で追っていました。幸せそうに見えたからです。普通に過ごして、普通に幸せになれるカップルというのは、こういう二人を指すのかな、と思っていました。私には一生ない光景だろうと」

　彼女が漏らすのは過去の話だった。僕らを見ていた頃の話。無表情の奥にあった、感情の話。

「交際経験がないわけじゃありません。大学の頃に一度だけつき合って、でもすぐに別れました。まわりが恋愛をしているから、まわりが手をつなぐから、まわりがホテルにいくから、だから私も義務のように従いました。そういう部分を、昔の交際相手にも見抜かれました。他人を心の底から、本気で好きになるということが、どういう意味を持って、何をするようになるのか、まだわからなかったんです」

「僕もそうでした。大学時代は特に。交際経験がないと恥ずかしいように思えて、誰とも付き合っていない自分は存在している意味がないという気がした。かといって好きでもない相手と付き合って、あとで傷つけてしまうのも嫌だった。友人は僕を笑ってましたよ。経験を積まないことには始まらない、って」

「でもあなたは一花さんと出会った。好きになれる人に出会えた」

円谷さんの頰が酒で赤らんでいる。自分の顔もそうなっているだろうと気づく。自分の体のなかの音が聞こえる。脈を打っている。一花のメッセージを探すためにこんなところまでやってきた。そしていまは酒を飲み、停滞している。循環が止まっている。

朦朧《もうろう》としかけて、円谷さんの言葉が意識を引き戻す。頭に冷や水をかけるみたいに、やがて彼女が明かしたのは、一花と僕への思いだった。

「一花さんに事情を聞いて、手紙を託されたときに思いました。このひとは本当に桐山さんという男性を愛しているんだって。ひとりの男性のために、自分の残された命を削って、ここまでできるひとがいるんだって。尊敬もしましたけど、何より私に渦巻いたのは、好奇心でした」

「好奇心？」

「考えはじめたら止まりませんでした。どんなひとなんだろう。一花さんの愛する桐山さんとは、どういう男性なんだろう。どんな部分を気に入ったんだろう。どんな部分を好きになったんだろう。そこにはもしかしたら、愛の正体があるのかもしれないと」

だから私はここにいるんです。そう円谷さんは続ける。

「あなたが手紙の旅を諦めかけたとき、私は発破をかけました。一花さんの想いを知っていたし手伝ってと頼まれたのもあるけど、やっぱり心に占めていたのは好奇心です。善意なんかじゃない。旅に同行すればわかるかもしれないと思ったから。一花さんがどんなメッセージを残したのか、気になったから」

僕にだけじゃない。

いま気づいた。意図的か、あるいは無意識かはわからない。けど一花は、円谷さんにもきっかけを与えていた。店と自宅、水族館を往復する彼女のリズムを変えていた。閉じこもっていた人を引き出す。一花にはそういう力がある。

「私は最低なんです。ひとの愛に土足で踏みこんで、好奇心でかき乱そうとしている」

「どんな理由でも、円谷さんに助けられているのは事実です。きみに叱咤《しった》してもらえなかったら、僕の旅はあの熱帯魚店で終わっていたし、ここにもたどりつけていなかった。店を訪れたとき、あなたがいてくれてよかったと思っている」

円谷さんはうつむいたままだ。目の前のアイスクリームはすっかり溶けてしまっている。垂れ下がった髪が、アイスの皿につきそうで心配だった。

無言の時間が続く。僕は思いついた言葉を投げる。すべての国の先人たちが等しく語るように、酒は言葉の通りをよくする喉の潤滑剤だ。

「図書館で返却受付をしていた一花にアプローチしたとき、そんなことができる自分が信じられなかった。知り合いでもなんでもない、たまに本の内容を少し話すくらいの関係だったのに。あとで連絡がきたとき、死ぬほど嬉しかった」

「どんな方法でアプローチしたんですか？」

「普段は借りないような本に自分の連絡先を忍ばせて、彼女に気づかせた」

「昭和のメロドラマみたい。この前も思いましたけど、観覧車でのプロポーズといい、桐山さんは発想が古臭いですよね」

「言わないで。わかってます」

円谷さんの言葉もいつもより辛辣《しんらつ》だ。けど、嫌な気持ちはしない。本音で語り合えているという安心感のほうが大きい。

「付き合う前の時間をすべて足しても、たった数十分とか、それくらいだと思う。返却窓口で少し話すだけ。一日で会えるのは一分に満たない時間。でも、好きだった。好きになれた。時間の長さはあまり関係ないんだと僕は思う」

自分の持っているピースと相手の持っているそれが、ぴたりと当てはまればそれがタイミングだ。ピースの形は流動的で、時機を外せば上手くいかない。僕の昭和メロドラマ風のアプローチだって、一日ずれていたら、一花は鼻で笑って連絡先の紙を捨てていたかもしれない。すべてが止まらず、あらゆるものが動き続ける。そういう日々のなかで、彼女と出会った。

一花の話をここまでまっすぐ、ひとに語ったのは初めてかもしれない。彼女の葬式に参加して以来、僕は泣いていない。いまは少し泣きそうだった。円谷さんを戸惑わせてしまうと思い、理性が勝って、ぎりぎりこらえる。

「一花とずっと一緒にいるんだと思っていた。根拠もなく、信じて疑わなかった。

彼女がいない未来なんて、想像すらしていなかった」

「一花さんがあなたを好きになった理由が、わかった気がします」

円谷さんがそっと笑った。それでふいに思った。この旅を諦めたくない。自分のためというのももちろんある。けど、一緒にここまでついてきてくれた彼女に報いたかった。

僕は酔いを覚ますためにコップの水を一気にあおった。

「見つけよう、一花の次の手がかりを」

「でも、旅館はもうありません」

「旅館はなくなっても、働いていた人までが消えてなくなったわけじゃない。一花は従業員の誰かに話してメッセージを預けていたはずだ。それを探そう」

「方法は？」

「近くにある旅館を手当たり次第に訪れる。『汐日荘』にいた従業員がそこに転職しているかもしれない。旅館が取り壊されず残っているということは、閉業してまだそれほど時間は経っていないんじゃないか」

僕と同じように円谷さんも冷えた水を飲み干す。スマートフォンを操作して、汐日荘のホームページにアクセスした。一緒に確認すると、閉業のお知らせを最後に更新が止まっている。日付はほんの一か月ほど前だった。

「可能性はありそうですね」

あの海岸線にはほかに二つの宿泊施設があった。一つは創業五〇年を超えているという歴史のある旅館で、もう一つはファミリー層をメインターゲットにしたような大きなホテル。汐日荘にいた仲居さんたちの雰囲気に似ているのは老舗旅館であるような気がしたが、従業員が多いのはあきらかにホテルのほうだろう。

陽も落ち始めていて、僕たちは二手に分かれることにした。相談した結果、円谷さんが旅館のほう、僕がホテルを担当することになった。

「あまりスマートな方法ではなくてすみません。本物の探偵みたいに推測や推論を重ねて動ければよかったけど」

「いえ。個人的には安楽椅子探偵よりも、フィリップ・マーロウみたいな地道に足を使う探偵のほうが好きです」

「じゃあ、しばしの『短いお別れ』ということで」

冗談をすぐに理解して、円谷さんが笑う。駅前でタクシーを拾い、そのまま別れた。ロータリーを出るとすぐにお互い、反対方向に走り出す。

さっきまで歩いていた海岸線の道路をタクシーが進んでいく。明かりの途絶えた汐日荘を横目に通り過ぎていく。夕陽が無慈悲なほどきれいに建物を照らしていた。運転手に聞いてみたが、ホームページの情報と同じように、つい一か月ほど前に閉業したという答えだった。そこで働いていた従業員を探していることを伝えると、サンバイザーを下ろしながら運転手は言ってきた。

「周辺の宿泊施設に再就職したっていう可能性はなくはありませんね。町の旅館やホテル全体が組合みたいなものに入ってて、そこでは確か従業員の支援も行ってたような気がします」

「ちなみにこの町にはいくつ宿泊施設が？」

「さあ。ほかの観光地と比べたらそれほど多くはないと思いますけどね。ざっと六〇くらいでしょうか」

多くはないといっても、二人の人間が地道に探すにはあまりにも膨大な数だ。まず今日一日ですべて当たるのは無理だろう。こうなると、何度か訪れて探す必要もでてきた。毎回円谷さんに付き合わせるのは悪いので、自分一人で探すことになるかもしれない。

想定できる範囲のもっとも困難な道を想像しているうち、目的地のホテルにつく。汐日荘に比べると格段に大きい高層ホテルだった。建物の規模も、コンセプトも、ターゲット層も、まるで違う。

なかに入り、広々とした吹き抜けのエントランスを抜ける。フロントで何人かがチェックインの手続きをしていた。並んでいると、着物姿の仲居さんが声をかけてくれた。五、六〇代ほどのふくよかな女性。

「ご予約のお客様でございますか？」

「いえ、そうではなくて」

口ごもると、仲居さんが首をひねってしまう。こちらの言葉の意図を汲み取ろうと、まっすぐ目を見つめてくる。善意からの対応だろうが、とても苦手だった。それでさらにしどろもどろになる。こうなるならタクシーのなかで台本でも組み立てておくべきだった。

ええと、と間をおいて、呼吸を置く。それでいくらか冷静になった。手紙に導かれて訪れた先で、最近は特に頻繁に他人と接してきたからか、説明を始めればあとは早かった。要点をまとめてなるべく簡潔に。自分は桐山博人といい、汐日荘で働いていた従業員がいないか、いま探しているところだ。二年ほど前に保坂一花という女性と一緒にあそこに宿泊していた。彼女は去年ごろ、汐日荘の従業員の誰かに、自分への伝言もしくはそれに類する物品を預けている可能性がある。このホテルに該当しそうな従業員はいないだろうか。

伝え終えると、従業員が思い出そうとする素振りを見せる。心当たりがあるのかないのか、いまいちつかめない表情のまま、こう返してきた。

「少しお待ちいただいてもいいですか」

「はい。お手数おかけして申し訳ありません」

従業員の女性がフロントの奥へ消えていく。広々とした待合スペースのソファの一つに腰かけて待っていると、スマートフォンに着信が入った。円谷さんからだった。

「桐山さん、さっき旅館についたんですが」

「僕もいまついた。そちらはどうだった？」

「だめでした。汐日荘から移ってきた従業員さんは二人いたのですが、どちらも調理の方でした。一応聞いてみたのですが、心当たりはないそうです」

なるほど、確かに調理専門の従業員もいる。だが一花が手紙を託すとしたら、やはり滞在中に交流があった仲居さんのなかの誰かだろう。

桐山さんのほうはどうですか？　と、訊いてくる。状況を伝えようとしたところで、フロントの奥からさっきの仲居さんがもどってきた。

その横にもう一人、別の仲居さんがついてくるのを見て、思わず答えた。

「逃げ道の先の活路かもしれない」

「佐々木さん、こちらの方です」

名前を呼ばれた仲居さんが僕にお辞儀をしてきて、その顔に、見覚えがあることに気づいた。

髪型は少し違う。だけど、右目の下にあるほくろの位置は変わっていない。僕と一花に、下田海岸の説明をしてくれた、あの仲居さんだった。佐々木さん。

「お待ちしてました。お話はうかがっています」

佐々木さんはやさしい笑みで応える。言葉通り、話は一花から聞いていて、そのうえで丁寧に迎えようとしてくれているのがわかる、そんな笑みだった。

「巻き込んでしまい、すみません」

「いえ、とんでもないです。こちらこそ混乱させて申し訳ありません。いつかどこかで、会えればと願っておりました」

「正直、もっと時間がかかると思っていました」

「汐日荘で元々働いていて、現在ほかのホテルや旅館に再就職されている仲居さんには、一応全員に事情をお伝えしていました」

つまり別の場所に再就職した仲居さんを探そうと決めた時点で、いずれはここに導かれるようになっていたということか。たまたま僕はショートカットできていたらしい。

「無事にたどりつけてよかったです」僕が言った。

「こちらも再会できて光栄です。こういう奇跡って、心が躍りますね」

佐々木さんは上品に笑った。僕が一生かかってもできないような表情だ。いつもは縁がなく、胡散臭いイメージを持っていた「奇跡」という言葉に、いまでは親しみを覚えている。奇跡とは決して偶然ではなく、起こるべくして起こる、積み重ねの結果なのだと思う。

僕は汐日荘で過ごした彼女との思い出を明かした。話す必要はおそらくなかったが、気づけば語っていた。誰かに一花と過ごした日のことを聞いてほしかったのかもしれない。自分がこんな気持ちになるなんて、想像できなかった。話を聞きながら、佐々木さんは終始、覚えていますとあいづちをうってくれた。

それから佐々木さんは、見慣れた例のはがきサイズの封筒を懐から出してくる。

「保坂一花さんからの預かりものです。お渡しさせていただきます」

「ありがとうございます。本当に」

「保坂さんからいくつか言伝も預かっております。封を開けてみてください」

言われるがまま、封筒を開ける。いつものように便せんとポストカードが一枚ずつ入っていた。

便せんにはこうあった。


親切で、やさしくて、思いやりのあるたくさんの人たちに協力してもらっています。あらためてお礼を伝えておいてもらえると助かります。

続いて、ポストカードの問題文。

第六問：
長旅おつかれさま。部屋を用意しておいたので、ゆっくりしていって。

そして朝日を眺めてみてください。それが今回のヒントです。

きみなら大丈夫。きっとできる。

きみなら大丈夫。きっとできる。もはや彼女のサイン代わりになっている言葉も、いつも通り添えられていた。しかしそれだけだった。他の問題文はなく、かといってひっくりかえすが、そこにあったのは白紙だった。ただの白紙で、何もない、真っ白な写真や、絵の具を使ったイラストもない。ただの白紙で、何もない、真っ白なカード。

どういう意味だろう。書き損じだろうか？　そんなはずはない。何か仕掛けがあるのだ。

試しにカードをそのまま照明に向けてみると、疑問の雲に光が差した。

「なるほど。すかし文字ですか」

「うわ」

振り返ると円谷さんがいた。いつの間にか到着していたらしい。電話を切ってからまだそれほど経っていない。タクシーで急いできてくれたのだ。

同行者です、と仲居さんたちに短く彼女を紹介する。挨拶を交わしたあと、円谷さんも横から同じ角度でカードを見上げる。

カードに透けて見えるのは、大きな『550』という数字だった。それだけのシンプルな仕掛け。

佐々木さんは表情を崩さない。たぶんこのひとは、一花から事情だけではなく、問題の答えまで聞いているのだろう。しかしそれは明かさない。僕が自力でたどりつくべきだと理解している。

「また何かの数字だ。でも、何の数字かわからない」

「今回のヒントは何でしたっけ？」円谷さんが訊いてくる。

「部屋で朝日を見ること。たぶんそれがヒントだな」

「じゃあ、いま考えても、答えにはこれ以上近づけないってことですね」

「ヒントを文字通りに受け取れば、だけど」

そこでようやく、佐々木さんが口を開いた。

「空室を確認しまして、ちょうどいま、海が見える部屋をご用意できます。御代金はすでにいただいております。旅館は変わってしまいましたが、こちらからの景色もなかなかですよ」

含みを持たせたような言い方だった。部屋で朝日を見るのがヒントにつながるのなら、どちらにしても滞在する必要はありそうだった。円谷さんと目を合わせ、それからフロントに視線を戻すと、佐々木さんは小さくうなずいた。

「ご案内いたします」


部屋は本当に用意してあった。畳の部屋、そして奥にちょっとした椅子とテーブルのスペース、窓からは一面に広がる海が見える。

ちなみに円谷さんは隣の部屋を取った。代金は僕が出すと訴え続けたが、彼女のほうも譲らず、結局は折半という形になった。

翌朝は軽い頭痛とともに目が覚めた。カーテンの隙間から朝日が差し込み、のびた光の帯がもろに自分の顔にかかっていた。

『朝日を見ること』

一花の手紙の文章が頭に飛び込んできて、カバンから例の問題カードをだす。起き上がり、窓際へ移動する。がんがんと頭のなかを、暴力的に血がめぐっていくのを感じる。昨日は飲みすぎた。歯も磨きたい。

水平線の向こうで太陽は、そこが自分の定位置みたいに自信満々に腰をすえている。その陽光にカードをかざす。うつるのは昨日と同じ数字だ。光の種類が照明から太陽に変わったところで、特に変化が起こるわけではない。

変化が起こるとすれば、立ち位置だろう。

カードをかざす位置のことを、一花は言っているのだと思う。ここ、窓際に立ち朝日にかざして、このカードは初めてヒントになる。

太陽から、水平線、海面、さらに砂浜へと視線を下ろしていく。

この窓からしか見えない景色にヒントは隠されている。

視線をさらに下ろして、旅館のすぐ目の前、松の林に目がとまる。防風林。海風や砂が旅館の外壁を傷つけないように、植えられたものだ。

それでやっと、気づいた。

「なるほど、そういうことか」

数字と、その下にある林。植物。どうして思いつかなかったのだろう。

550。

僕らにとっては、ある意味もっとも身近な数字であるはずなのに。

記憶が血とともにめぐろうとしたとき、部屋のドアをノックする音が聞こえた。

開けると、円谷さんだった。

「おはようございます」

「うん」

「朝風呂に行ってました。気持ちいいですよ」

「みたいですね。僕も行こうかな」

おすすめです、と淡々と返される。円谷さんはいつも通りだった。昨日のことは、もしかして覚えていないのだろうか。

「解けたんですか？」

「ええ。次の場所がわかりました」

「よかったです。応援しています」

「応援？」

「だって、私は」

そこで言葉が止まる。僕も意図を察する。やはりちゃんと覚えている。自分たちの本心を打ち明け合った昨日のことを、しっかりと。

円谷さんは自分には資格がないと思っている。自分の抱いた好奇心は下劣で、尊重されるべきものではないと考えている。

だけどそれは、僕の願いとは違う答えだった。

「よければこの先も、ついてきてくれると心強い。彼女の遺したミステリを解いて、最後のメッセージにたどりつけたら、あなたが探していた答えも見つかるかもしれない」

「桐山さん」

「愛の正体、だっけ」

「はい。私はそれを探していると思います」

僕もきっと探している。

これからの自分がどうなるのかを探している。どうなるべきなのかを、見つけようとしている。答えは一花が遺してくれたメッセージにあると、身勝手に信じている。道しるべは、そこにあると。

自分がいまの状態から立ち直れるか、まだ自信はない。彼女が用意してくれたものを台無しにしてしまうのではないかと、不安にもなる。

でも進むしかない。朝日が昇るように、その道は一方通行だ。

最寄駅の改札で、円谷さんと一度解散することにした。それぞれ別の出入り口から地上に降りていく。

答えは逃げていかない。焦って探しても仕方がない。少し休憩して、頭を整理したら、また旅を再開するつもりだった。

帰り道の途中、見知った女性と会った。買い物帰りだったらしい、両手にスーパーの袋を持っている橋本さんだった。

「こんにちは」

「どうも」

お互いに探るような会釈をする。橋本さんの手首が買い物袋でうっ血しているのが見えて、片方持ちます、と申し出る。橋本さんは少し驚きながらも、僕に袋を一つ渡した。ほとんどは食材で、食べ物の重みを久しぶりに実感する。袋にスーパーのロゴが見えて、話題がひとつ浮かんだ。

「ここのスーパー安いですよね。前、よく使ってました」

「セールの日もあるのよ」

会話が弾んで、雰囲気も少し和やかになった。橋本さんはどの曜日にどのセールがあるのだとか、違うスーパーでセールがある日はそっちを選んだほうがお得だとか、そういう情報を細かく教えてくれた。主婦仲間とは普段、こういう会話をしているのだろうか。

「キャッシュレスとか流行《はや》ってるでしょ。財布の機能をスマートフォンにいれるやつ。あれ、あたしはだめね。肌に合わない。だって充電が切れたらおしまいじゃない」

「少しわかります。僕も音楽を聴くときはスマートフォン以外のプレーヤーを使ってます。すべての機能を一か所に集めるのって、リスキーですよね」

ふと気づいた。コミュニケーションとは相手の存在を確かめる行為だ。究極、会話の内容はどうでもいいのかもしれない。主婦たちがサミットを開く理由がわかった気がする。

家も近くなったところで、そろそろ挨拶をと思ったときだった。

電信柱の影に人が立っているのが見えた。夕暮れのなか、一花の仮装をして立っている薫子ちゃんは、なるほど確かに幽霊と見間違えてもおかしくない。

「あ、あれ。見て桐山さん！　あれのことよ。話していたやつ」

橋本さんもわかりやすく動揺していた。気の毒に思い、僕はすぐに彼女の正体を教えた。事情を伝えている最中、薫子ちゃんは走り去っていった。

「まさか妹さんだなんて」

「僕も驚きました」

「私はてっきり、なにか恨まれるようなことをしたのかと」

空いている片手を胸におき、橋本さんはそっと呼吸を整える。そのタイミングで、切りだすことにした。確かめておこうと思ったことがあったのだ。

「クラゲのイラストを描いてくれたのは、橋本さんですよね」

僕の方を見上げてくる。僕が確信していることに気づいたのか、橋本さんは観念するように、打ち明けてくれた。

「一花さんが家に訪ねてきたの。絵を描いてほしいって。絵を描いてるっていっても、ほんの趣味で教室に通ってるだけだし、自信もなかった。だけど事情を聞いて、協力することにしたの。隠していて、ごめんなさい」

「いいんです。こちらこそ一花が押し掛けてしまって」

「あなたがすごく久しぶりに家をでたとき、いてもたってもいられなくなって、つい声をかけちゃった。例の、手紙の旅が始まったんだとわかって」

「一花は、どれだけのひとに事情を話していたんでしょう」

「きっと想像してるよりも、ずっと多いはずよ。そしてみんなあなたを応援している」

彼女はいつからこの計画を思いついていたのか。病を知ったときだろうか。入院していたときだろうか。僕は毎日お見舞いに行っていたはずなのに、少しも気づかなかった。

今にして考えると、そういえば、という場面もあった。病院の屋上で彼女が休憩しているところに行くと、ずっと何かを書いていたときがあった。

「そうだ！　聞いてよ、最初はクラゲを一花さんが描こうとしたんだけど、それがもうおかしくて！」

橋本さんは跳ねるような笑い声をあげながら、一花との思い出話を楽しそうに語ってくれた。それを聞きながら、ゆっくりと家を目指した。

一花があのホテルから朝日を見せた理由。それはあそこに林があったからだ。朝日によってすかされた数字の真下に林が見えるのは、あの近くだけである。蛍光灯の明かりによって数字が照らされていても、それは正解の半分にすぎない。

本は紙からつくられ、紙は木から生まれる。そんな本たちが、一定の間隔で林立している場所はひとつだ。図書館。まさにその場所で、彼女は同じことを言っていた。

三日後、目的の図書館が開館していることを確かめて、家を出た。日にちが少し空いたのは、円谷さんのシフトに合わせるためだった。

一花と二人で訪れた図書館はいくつかあるが、引っ越し後に訪れた図書館は一つだけ。そこは彼女が昔、働いていた場所でもある。あの日の一花が退職手続きを済ませるために訪れていたことを僕は後で知り、現職員の数人と挨拶を交わしている彼女をのんきに眺めていた。

図書館での思い出は、あまり明るいものではない。皮肉なことに、明るいものではないからこそ脳裏に深く刻まれている。

あの日、彼女は僕に婚約の解消を伝えてきた。

そして僕は、一花の抱える病の存在を初めて知ることになった。

◆

◆

◆

ある日、彼女が職場の図書館に遊びに行こうと誘ってきた。休みの日まで職場に行かなくても、と返したが、読みたい本があると言ってきかなかった。

「博人くんが私にアプローチしてきた思い出の場所でもあるでしょ」

「だから行きにくいんだよ。どうせ職員仲間にも言ってるんだろ」

「あら恥ずかしがり屋さん」

茶化されれば黙っていられない。開き直って、よし行こう、と準備を始める。

一花が予想通りとばかりに笑いだす。

家をでてからまっすぐ最寄駅を目指す。三駅ほど先に、駅に隣接する大きな図書館があって、そこに彼女は勤めている。道中の一花は、めずらしくしゃべりっぱなしだった。近所の橋本さんが絵を描いているだとか、家入さんがゴミ袋を持って収集車を鬼の形相で追いかけたとか、そういう他愛のない話だった。一花と比べて僕はあまり近所づきあいができていないので、橋本さんや家入さんの顔もあいまいだ。

「ご近所づきあいは大事にしなくちゃだめだよ。いざというとき助けてもらえなくなる」

「わかってるけど、マンションにいたころは常に上下左右を気にしてたんだから、少しくらい気を抜きたいよ」

「話しかけるのは苦手だろうから、しなくていいよ。せめて愛想良くね」

「なんだよ、今日はやけにお節介をやいてくるなぁ」

それほど強く言ったつもりはなかったが、それきり一花は黙ってしまった。何か話題を変えようと思ったが、目的の駅についてしまった。

一花に続いて図書館に入る。平日だからか、利用者は少なめだった。というより、少ない時間を狙ったのだろう。彼女は職員だから混雑は熟知している。

返却カウンターの後ろの壁にはスイレンが描かれた絵が飾られている。それを見つけて、なんとなく安心した。誰が描いたものなのかは知らないけど、僕が初めて彼女に話しかけたときから変わらずそこにある絵だ。

「この森にくるとやっぱり落ち着くね」一花が言った。

「森？」

「本の森。そもそも本は紙からつくられる。そして紙は木からつくられる。だからここは森なんだよ。書架は林なの。図書館での読書は、森林浴と同じだよ」

「なるほど。わかるような、わからないような気がする」

「ねえ、どこかのテーブルで待っててくれない？　挨拶していきたいから」

「了解」

適当に棚のプレートを見ながら歩き、興味のあるジャンルの本を手に取る。空いているテーブルを探し、ひとつ見つけたので腰を下ろす。席のすぐ隣が本棚になっていて、プレートの配架番号は550になっている。海洋工学のジャンルの棚らしい。携帯をこっそりだして、『550の前のテーブルにいる』とメールを送った。

数冊の本を一花が持ってやってくる。どれもミステリ小説なのは、タイトルを見なくてもわかった。今日は一日図書館デートにするらしい。

「結婚情報誌のひとつでも持ってきたら、かわいげがあるのに」

「そういう博人くんこそ、それ何の本？」

「『プログラミングのしくみ』。コードを見ていると落ち着く」

「そんな本あるの知らなかった。ミステリを読みなよ、ミステリを」

いつもならここでおすすめのミステリ小説の列挙が始まるところだが、ここが図書館であることも配慮して、彼女の話は短めだった。図書館の静寂はひとの善意でつくられている。もしひとの善意が見たくなったら、図書館にくればいい。

「博人くん、話があるの」

「話？」

「うん、話。相談。私ね、仕事辞めてきた」

「へ?」と、本に落としていた視線をあげる。彼女のほうはミステリ小説から顔をあげない。あくまでも電車で話していたような、ご近所話の延長みたいに、告げてくる。

「辞めたって、どうして?」

「まあ、いろいろと」彼女は顔をあげない。

「もしかして結婚するから? 主婦として過ごすことに決めたのか?」

僕の妄想はさらに飛躍しかけていた。仕事を辞める理由。大好きなミステリ小説がある図書館を辞める理由。もしかして、お腹に新しい命が?

返ってきた彼女の言葉は、そんな僕の予想とは正反対のものだった。

「あのさ、博人くん。婚約を解消してほしいんだ」

言っている意味が一瞬わからなかった。何かの冗談かと思った。彼女はいまだに小説から顔をあげない。だけど読んでいるわけじゃないとわかった。さっきから一ページも進んでいない。それで彼女が緊張しているのだとわかった。本気で言っている。

「理由は?」

「話す前に、ここは図書館だからね。騒いだり、叫んだりするのはご法度《はっと》。わかった？　神聖な場所は汚さないって、約束してくれる？」

今日の朝から抱いていた違和感の正体がやっとわかったような気がした。休日なのにわざわざ図書館に来た理由。それは大事な話をするため。その話に僕が動揺して、万が一暴れたり、叫んだりするのを防ぐため。一花は性格の派手さに反して、意外に計画的な一面がある。

「わかった。約束するよ。話してくれ」

一花は読みかけの小説を閉じて、また違う小説をめくりはじめる。だけど読むのではなく、ぱらぱらと、でたらめにページをめくるだけだった。そうやって彼女は、淡々と説明を始めた。

それは病の話だった。具体的な病名と、その症状が重いこと、いますぐ入院が必要なこと、余命に関する情報、それらがいっぺんに飛び込んできた。整理が追い付かないなかでも、脳を特に揺らしたのは、余命という単語だった。

「私の祖父が同じ病だったんだよね。どうやら親を飛び越えて、私のところにきたみたい」

「治るのか？」

「治る可能性は、ゼロじゃない」

遠まわしに難しいことが告げられた。これは現実なのか。

「しばらく入院する必要があるみたい。だから来年中の結婚は無理だと思う」

「それでどうして、婚約自体を解消することになるんだ」

「病院のベッドから戻ってこられるかわからないから」

そんなこと言わないでくれ。拳をにぎり、そう続けようとした。椅子から立ち上がりかけて、一花に睨まれた。この静寂を汚さない。そういう約束だった。叫びたくなるのを必死にこらえて、再び座り直す。

「いったい、いつから」

「少し前、旅行中に私が車で事故を起こしかけたでしょう？　海に見とれたって言ったけど、嘘なの。あのとき、一瞬だけど意識を失ってた。前から不調はあったけど、病院に行こうと決めたのはそのとき。ごめんなさい。死ぬほど怖かった」

どうして隠してたんだ。どうしてギリギリまで、話してくれなかったんだ。彼女を責める言葉ばかりが浮かんで、こんなときでも自分が嫌になる。そうじゃない。僕は謝るべきなのだ。

「気づけなくて、ごめん」

「私も。相談もなしにごめん。決まってから話すほうが、楽だったから」

一花が結婚を楽しみにしていなかったわけはない。本当は今月にも式場の予約をするつもりで、その予定を前から入れていたのは、彼女自身だったのだから。

一花は必死に自分の思いを殺している。僕と目を合わせれば、それがあふれだしてしまいそうで、怖いのだろう。そして同時に、覚悟も本物だということが伝わる。

一花が自分の薬指から指輪を抜いて、僕に返してこようとした。僕は指輪を載せたその手をつき返した。

「この指輪はきみに預けたままにする。無事に退院して、きみが家に帰ってきたとき、結婚指輪と交換しよう」

僕は続ける。

「婚約を解消するからって、いなくなってなんかやらない。そばにいる。嫌といわれても、いくらだって抱きしめてやる」

一花が唇を震わせた。僕に見えないよう顔を伏せると、涙が落ちて、開いたページを濡らした。

震える肩に手を置こうとすると、彼女が立ちあがった。強引に涙をぬぐい、「本を汚しちゃったから職員さんに謝ってくるね」と言って、席を離れる。

一週間後、一花は入院した。

◆　◆　◆

図書館は今日も善意に満ちていた。重くもなく軽くもない、ただ一定の静寂が維持されている。テスト勉強の追い込みだろうか、たまに女子高生数人の話し声が聞こえてくることもあるが、許容範囲の音量だった。何十人もの人間がいるのに、誰も目を合わさず、お互いに自分のための行動だけをしている空間。

「桐山さん。私、魚の図鑑を探しますね。見つけたら教えてください」

そう言って円谷さんは二階に上がって行ってしまった。彼女なりに気を遣ってくれているのかもしれない。一花の手紙に触れる瞬間だけは、一人にしてあげようと。

550番の海洋工学の棚を目指す。館内の奥のほうへ進むと、席が空き始める。僕と一花が話したあのテーブル席も空いていた。

腰を下ろすと、いないはずの彼女が向かいにあらわれて、あのときの再現を始める。頭のなかのことなのに、驚いて、思わず席を立ってしまった。近くで新聞を広げて読んでいる年配の男性が不審そうに目を向けてくる。虫がいたフリをして、椅子のシートをそっと払い、座り直す。

いままでの思い出や記憶が薄かったわけじゃない。

ただ、ここでの場面は、特に印象的だった。

時間が経つにつれて、その鮮度や生々しさのようなものが、強くなっている。意識しないと、呼吸がまともにできなかった。苦しくなって、息を吸う回数が増える。脈が速くなっているのを自分で感じる。

頭がひどく痛かった。めまいもした。一花から一通目の手紙を受け取り、探し始めたときと同じ感覚だった。全身が不調を訴えて、ストレスのもとから早く逃げるように警告してくる。

次の手がかりはどこだ。探すことに集中しよう。答えは合っているはず。ここ以外に、550という数字に関連する思い出はない。

不自然な動きにならないよう、そっと椅子の下を手で探ったり、テーブルの下をのぞいたりもしてみたが、手紙が張り付けられている様子はなかった。

海中にもぐっている気分だった。手紙は酸素ボンベで、僕はそれを必死にもとめている。肺のなかの酸素ではまかなえなくて、限界になって、もがき苦しむ。

「配架番号のプレートの裏です」

ワゴンを引いた女性の職員が通り過ぎる瞬間、ささやいてきた。我に返り、あわてて去っていく職員の背中を見る。一花の知り合いだろうか。いまのは、ヒントだろうか。

すがりつくように席を立つ。配架番号が書かれた金属のプレートは、木製の本棚から少し浮くように設置されていた。そのわずかな隙間を覗き込むと、職員の助言通り、そこに封筒が隠されていた。腕を伸ばし、そっとはがして取る。僕はようやく酸素をつかんだ。

まわりの目を気にしている余裕はなかった。席に戻り、封筒を開ける。

便せんが一枚と、問題のカードが一枚。中身はいつもと変わらない。だけどこれまでと違う雰囲気を、そこから感じた。紙の質が違うとか、サイズが異なるとか、そういう具体的な違和感ではない。どこか抽象的で、予感のようなものに近かった。

便せんを開き、予感が当たっていたことを僕は知る。

一〇月にここで病のことを明かしたとき、本当に怖かった。拒絶されるかもと。でも、そんな予想はきみへの裏切りでしたね。ごめんなさい。お疲れ様。次が最後の問題です。

短い文章だけど、確かに伝わった。この手元にあるのが最後の問題だと。この問題を解いた先に、彼女が遺した最後のメッセージがあると。

問題が書かれたカードに目を向ける。たどりつくと決めたゴールは、もうすぐそこだ。

最終問題：

私の遺したメッセージを持っているのは誰でしょう？

答えはすでに、きみの手の中に隠してあります。

ヒントは『use your head』。

きみなら大丈夫。きっとできる。

そばに誰かがやってくる気配があって、見上げると、円谷さんだった。かたわらに魚の図鑑を二冊抱えていた。気を遣って席を外していたのかと思ったら、本当に図鑑を探していたらしかった。

「最後の問題ですね」

「うん。これが解けたら」

「一花さんがあなたに遺したメッセージが見つかる」

そばを男女が通り過ぎていく。見ると、壁際の隅にある二席がちょうど空いたところだった。円谷さんと目が合い、席につくことにする。

腰をおろして、あらためて便せんと問題文のカードを眺める。僕たちの背後にあるテーブル席では、小さな声で学生たちが旅行の計画を立てていた。その一つ先にあるテーブルは、僕が一花に病の告白を受けた席だった。

「彼女がメッセージを預けている相手を探す問題。相変わらず、最後までミステリに仕立てているみたいだ」

「そうですね、でもこれなら、私にも解けそうな気がします」

「え、本当？」

はい、と返事があって、円谷さんは横の席に座る。暗号文にも見えない、一見すると普通の文章に隠された意味を、彼女は読み取ったらしかった。

「ヒントは『use your head』。つまりそのままの意味です」

「あなたの頭を使え、ってことか？　あまり英語が得意ではないんですが」

「そうです。頭を使えって考えろ、という意味です。headはbrainと表すこともできますが、同じ意味です」

円谷さんは続ける。

「頭を使って考えろ、って、クイズの常とう句ですよね」

そこまで言われれば僕でもわかった。

「……頭文字を使うってことか。でもどこの頭文字を？」

「ヒントは手の中に集まっているなら、これまで集めてきたものだと思います。この旅のなかで、桐山さんの手には何が集まりましたか？」

「ほかの問題文の手紙か」

「そうです。いま手元には？」

「持ってきている」

手提げカバンから、これまでの問題文が書かれた手紙をすべてだす。目の前のものも合わせれば全部で七通あった。もしこの七通で答えを導き出せるなら、最初から問題文の数まで一花は想定していたことになる。

「最初の問題文の頭文字はなんですか？」

「ええと、『第一問：初めて私が読んだ古典ミステリは覚えてる？』だから、抜き出す文字は、『初』かな？　あるいは、『は』」

順番に抜き出していく。

二問目は『写真』だから、し、もしくは写。三問目は『川』から取って、か、もしくは川。四問目は『次は』なので、次もしくは、つ。五問目の『今回の』、六問目の『長旅』、最終問題の『私』と、それぞれ抜き出していく。

円谷さんがメモ帳とペンを持ってきていて、それぞれ書き写し、頭文字を並べてみる。もしくは並べ替えてみる。後ろの学生たちは旅行の計画を練り終えたらしく、続々と席を立つ音がした。

「だめだ、まともな言葉にならない」

「漢字をひらがなにしてみてもだめですね」

「ローマ字はどうだろうか。一問目の『初』はＨＡ、もしくはＨ」

同じように抜き出してみる。

最初のアプローチと同様に、無為な沈黙が流れ続けた。一向に何かの単語が形成される気配がなく、進んでいる途中から、この先が行き止まりであることがわかった。

僕があきらめてペンを置くのと、円谷さんがメモから集中を切らしたのは、ほぼ同じタイミングだった。

「少し移動しませんか？」

「……そうですね。歩いてればひらめくかもしれない」

図書館の階下にあるショッピングモール内をふらふらと歩いた。どの店も通路から眺めるだけで入らない。マップを見ながら気になる店はないかと話を振ってみるが、円谷さんは首をひねるだけだった。レディースのファッション専門店が多いようだったが、頻繁にファッション系の買い物をしている印象は彼女にはあまりない。

「メタ的な話をしてもいいですか」

「といいますと？」

「一花さんが最後のメッセージを託すのは誰か、考えてみました。つまり問題文を解くんじゃなくて、出題者の思考を読み解くっていう方法になる」

「誰が持っていると思うんですか？」

思いつくのは、やはり一人だ。

どの手紙も欠けてはならないものだが、最後のメッセージを隠したものとなると、きっと特に信頼のおける相手にしか渡さないはず。

「薫子ちゃんだと思う」

お互いが困ったときには支え合う。助けになり、そばにいる。あの二人には、そういう姉妹の誓いもある。

円谷さんは少し黙ったあと、こう答えた。

「……そうですね。その話を聞くと私もそんな気がしています。でも、この問題をきちんと解かずに薫子さんの所に行っても、彼女は渡してくれないんじゃないでしょうか」

「どうやって解いたかを聞くでしょうね。僕が答えられなければ、渡す資格がないと判断するかもしれない」

「結局、問題を解くしかなさそうですね」

少なくともこの最後の問題文が指し示すのは、薫子ちゃんの名前だということは予想できる。これだけでもショッピングモールをぶらつく価値はあったといえる。

とうとう一階まで降りきり、モール周辺を散歩するとカフェが一軒見つかったので、そこに入ることにした。英語表記の看板が目に入る。聞いたことのない店だった。チェーン店ではないのかもしれない。

カウンターで注文し、アイスコーヒーを受け取って席につく。一口飲んだところで円谷さんが疲れたように溜息をついた。

「メニュー、読めない単語が多くてくたびれました」

「ほとんど英語表記だったね。最近はそういうのがおしゃれなのかもしれない」

僕はあきらめてアイスコーヒーにした。どの店にもあるだろうから。

「ショッピングモールのお店もほとんど英語表記ですよね。読んでも何のお店かわからないことが多いです」

「それ、僕も思った」

「店名の上にカテゴリも一緒に書いてあるので、それはありがたいですが」

「……上」

ひらめきは、そうして訪れた。

図書館を出たのはやはり正解だったようだ。

散歩を提案してくれた円谷さんには感謝しかない。思えば伊豆のときも、彼女が気分転換しようと提案してくれたことが解決のきっかけだった。本人は無自覚でも、彼女はいつも、正しく適切な提案をしてくれる。

「わかったんですね」僕の目を見て、察した円谷さんが言った。

さきほどの問題文と便せんを取り出す。これもまた僕の意図をすぐに察知して、彼女はさっきまで使っていたメモとペンを出してくれた。

「『use your head』のヒントには、三つの意味があるんだ。一つは頭文字を取るのと、二つ目はこの手紙自体の『頭』を使えという意味」

読み解くのは問題文のほうじゃない。

もう一つ同封されていた、便せんに書かれた文章のほうだ。

封筒にはいつも、便せんが最初に読まれるように入れてあった。事実、僕たちもそうやって手紙を読んできている。

「手紙の文章は、どんなに短くても問題文と別にされてた。それは便せんの文章自体を手がかりにしたかったからだ」

「頭文字を拾うのは便せんの手紙のほう、ということですね」

便せんを広げる。

こうして改めて読むと、おかしな部分がいくつかある。

「一問目に同封されてた便せん。『桐山博人くんへ』とあるが、どうしてフルネームで書くんだ？　普通に名前だけでいいだろう。この四問目もおかしい。『赤い夕陽』と書いてある。夕陽はだいたい、赤いものだし、余計な言葉だ」

「ヒントの三つ目の意味は？」

僕は続ける。

「英語です」

「頭文字にある単語を英語に直す。それからさらに、単語の頭文字を取る」

円谷さんがペンを握る。

僕は便せんを読みあげながら、答えを一文字ずつ拾っていく。

「一問目の便せんの冒頭にあるのは『桐山』。だから拾うのは『K』の文字だ。二問目は『いつも』とあるから、alwaysから取って、『A』」

円谷さんが書きだしていく。

「三問目は『ひとつだけ』、英語ではonly。つまり『O』。四問目の不自然だった冒頭の『赤い』はredで――」

「『R』、ですね」

円谷さんが筆を速める。こうなると僕よりも導き出すのが早いだろう。それでも彼女は僕が続けるのを待ってくれた。

「五問目の便せんの冒頭も変な表現だ。『宇宙が果てしない』だなんて。きっと『宇宙』という単語を使いたかったからだろう」

「universeから取って、『U』ですね」

「六問目は『親切で』から取って、kind。つまり『K』。そして最後の問題の便せん。文章の始まりは『一〇月』なので、october。だから『O』」

問題は七問。

そして導き出された七文字。

そこに浮かびあがるのは、彼女の名前だ。

『KAORUKO』

カフェをでて、その足で僕は薫子ちゃんの住むマンションに向かった。電車で一五分ほど離れたところにそのマンションはあった。一花と一度お邪魔したときと住所が変わっていなければ、ここで合っているはずだ。

薫子ちゃんの家への同行に、円谷さんは遠慮したいと申し出てきた。正直にいえば、僕も今回はそのほうがいいと思った。彼女の家に僕が円谷さんと訪れるのは、あまりいい結果を生まないだろう。

エントランス前のインターホンで部屋番号を押して、彼女を呼び出す。応答はなかった。大学に行っているか、ほかの場所へ外出しているか、あるいは意図的にでないか。

電話をかけてみるが、同じように応答はなかった。次にメッセージを打って待ってみるが、そちらも返事はない。

日をあらためるべきか考えだしたとき、ジャージ姿の薫子ちゃんが、道の向こうから歩いてくるのを見つけた。コンビニのビニール袋を片手に提げている。格好は明らかによそ行きのものではないのに、ウィッグだけはしっかりとかぶり、一花になりすましていた。

僕と会おうが会うまいが関係なく、ウィッグは常に身に着けているらしい。もしかしたら、僕がとつぜんあらわれたときにそなえて基本的には外さないのかもしれない。だとしたら成功だった。

見つめていると、向こうがようやく、僕に気づいた。最初は目を丸くしていたが、すぐに意図を察したらしかった。

「ぜんぶ解いたんだ。問題」

「きみが持っていたんだな、一花のメッセージを」

「ちなみに最初にあんたに手紙を届けたのもあたし」

「届けたって、僕に手紙を郵送したってこと？」

「違う。届けにいった配達員が、あたしってこと」

「そうなのか」

「手紙に消印はなかったでしょ？」

ふん、と鼻をならし、薫子ちゃんは僕の横を通り過ぎていく。一度だけ振り返り、目が合う。ついてこいという意味らしい。彼女の後に続く。そんなことより、僕の家に届けにきた配達員が本当に薫子ちゃんだったかどうか、記憶を探るのに忙しかった。

エントランスに入ると、お年寄りの夫婦が管理人室でテレビを見てくつろいでいた。ウィッグをつけている彼女が通り過ぎたときも、特に不審の目を向けてこないあたり、仮装が常態化していることを改めて悟る。

外壁にうすいヒビが入っているのが見える。薫子ちゃんは何も言わずに階段をのぼる。

「エレベーターに閉じ込められた経験があるから、使わないことにしてるの。こだっていつ故障してもおかしくない」

たどりついた三階のつきあたりが薫子ちゃんの部屋だった。鍵を開けて、一度ドアを蹴る。そうするとスムーズにドアが開くのだと言う。

「引っ越さないの？　もっと、こう、快適なところに。年頃の女の子なんだから、セキュリティも心配だろう」

「強盗や変態も、この部屋を見たら逃げ出すでしょ。ちゃんと閉めて」

玄関のドアを開けた先を見て、絶句した。

ドアにもたれかかっていたのか、いきなりゴミ袋が転がってくる。玄関の靴棚の上も、廊下も、もれなくゴミで埋まっていた。確かに物理的に入れない。

慣れた足取りで部屋の奥まで進んでいく。彼女しか把握していない、ゴミを避ける正しい歩き方があるのだと理解する。彼女の足跡を追うように、同じ場所を踏んでいく。

リビングも同じように散らかっていたが、キッチン近くのキャビネット台は割合片付けられていて、そこに化粧ポーチやノートPCといった道具が集まっていた。パソコンのうえに一冊のノートがあって、やけに使いこまれていた。大学の講義で使っていたものだろうか。どんな講義を受けているのか気になり、触れようとしたところで彼女が叫んだ。

「触らないで！」

「あ、ごめん」

「……大学の講義用のノートだから。それでレポートつくらないといけないの。汚されたら困る」

「すまなかった。もうきみの私物には触らない」

僕の謝罪を受け入れて、薫子ちゃんは作業に戻る。彼女はテレビ台の下を探っていた。いくつかの映画のDVDが置かれているエリアだ。

「想像してなかった？　こんな部屋だって」薫子ちゃんが尋ねてくる。お互いに目を合わせないまま、会話を続ける。

「なんとなくは。つい最近まで、僕の家も似たようなことになっていた。でもここまでとは思ってなかった。きみの格好も清潔そうに見えたし」

「近所の銭湯を利用してるの。ウィッグも洗えるから都合がいい」

言いながら、薫子ちゃんが戻ってくる。差し出してきたのは一枚のDVDディスクだった。ディスクの表面には、サインペンで『一花　メッセージ』と殴り書きがしてある。

これが答え。

手紙の問題を解き明かし、思い出の場所をめぐり、たどりついた答え。

一花の最後のメッセージ。僕の聞くことのなかった、彼女の言葉。

ディスクを受け取ろうとした寸前、ひょい、と薫子ちゃんが僕の手をかわす。

渡す前に言うことがあるようだった。

「見たら報告にくること。お姉ちゃんに頼まれてるから。義務は果たして」

「わかった、見たら報告にいく」

彼女がディスクを渡してくる。僕はそっとそれを受け取る。今度こそ、自分の手にディスクが収まる。

「薫子ちゃんはこの中身を知ってるのか？」

「どうしてそう思うの」

「なんとなく、きみが一番、彼女の計画の近くにいたんじゃないかなって」

「どうだろうね」

明確な答えは避けたまま、それで終わりかと思ったが、今度は薫子ちゃんが僕に質問をしてきた。

「この前、あの女とどこに行ってたの？」

「ちゃんと名前で呼んであげてくれ。円谷さんとは伊豆にいっていた。旅館に手がかりがあったから」

「そうやって懲りずに、お姉ちゃんとの思い出を上書きしてるんだね。新しい女と」

「そういうわけじゃない」

「いい、もういい」

薫子ちゃんは強引に会話を切り上げる。

「あたしがごちゃごちゃ言っても仕方ない。あんたはそのメッセージを見るの。それでお姉ちゃんの言葉を知るの」

彼女の言葉を聞き、それを薫子ちゃんにも報告する。次に会うときはそのタイミングだ。

部屋を出ようとしたとき、薫子ちゃんのジャージのポケットからメロディが聞こえた。携帯の着信音だとわかった。薫子ちゃんは画面を確認するだけで、電話に出なかった。

「僕はもう帰るし、電話なら別に出ても」

「いい。お母さんだから。たまに電話してくる」

「春香《はるか》さんか」

「人の親を名前で呼ぶな。きもい」

「仕方ないだろう。保坂さんと呼ぶのも違和感があった」

一花と薫子ちゃんの母親、春香さんと最後に会ったのは、葬式のときだ。何を話したかまでは覚えていない。そのあたりの頃の僕の記憶はあやふやで、使い物にならない。

靴を履いていると、薫子ちゃんが言ってきた。

「お姉ちゃんが誰かと恋をするなんて、想像もしてなかった。家からでていくなんて、思ってもみなかった。お姉ちゃんは自分から恋と化粧を引いたのがあたしだって言ってたけど、あたし以上に恋愛に興味がないと思ってた」

「僕と出会う前の一花のことは、きみが一番よく知っている」

「お姉ちゃんは常にミステリ小説を手放さないような人だった。ひとと話すより、物語のなかの殺人事件に興味があるような人だった。男と住み始めるって聞いて、何かの冗談かと思った。あまりにも似合わなくて、何か悪いことが起きるんじゃないかと思った」

そしたら起きた。お姉ちゃんは病気になった。薫子ちゃんはそうつぶやいた。

「あんたのせいだ。全部、あんたのせいなんだ」

薫子ちゃんは僕と目を合わせず、うつむいたままだった。もっと激しく恨まれ、睨まれると思っていた。

うつむいた彼女から、すすり泣く声が聞こえて、思わず手を伸ばそうとした。だけどどう返してあげればいいかわからなかった。触れることはできず、僕はそのまま腕を下ろしてしまう。

一花のメッセージを聞かなくてはいけない。それがいまの僕の使命だった。

家に向かう途中で携帯をだして、電話をかけた。相手は一人。この旅において、僕の心強いパートナーになってくれた女性。円谷さんはすぐにでてくれた。

「急にすみません」

「大丈夫ですよ。それで、どうでしたか」

「手に入れました」

電話の奥で、彼女の息を飲む音が聞こえた気がした。

「良かったです」

「DVDに、映像として入っているみたいで。実はまだ見ていなくて。これから。もしよかったら、一緒にどうかと」

「いいんですか？」

円谷さんにも見る資格はあると思った。彼女も知ることを望んでいるだろう。一花がどんなメッセージを遺したか。そこにどんな愛の形があるのか。

ここまでの旅は、円谷さんがいなければ続けられなかったのは明白だ。場合によっては彼女の都合がつくまでの間、視聴を待つぐらいの気持ちだった。電話をかけた理由の半分はそれで、もう半分は僕のただのわがままだ。

一花の言葉を聞いて、もしも自分がまた取り乱したら。僕は自分の家で、ひとりどうなってしまうかわからない。それが怖かった。

一花の望むように、僕は本当に立ち直ることができるか。ひきこもっていたあの日々から、抜けだすことができるかどうか。

「今週の日曜日ならどうですか。明後日」円谷さんが言った。

「わかった。それまでは見ないでおきます」

ほんの少しやりとりをして、電話を切る。ふと、メッセージ探しの旅で、再会した日の彼女を思い出した。それほど時間は経っていないはずなのに、何年も過ぎたような懐かしさを感じる。

円谷さんが来るまでの間の一日は、なるべく考え事をしないよう、手足を動かしていた。勤め先に電話して、そろそろ本格的に復帰したい旨を告げた。もっとゆっくりでもいいと向こうも気を遣ってくれたので、具体的な勤務開始日は後日相談、という形になった。

熱帯魚のアゲハの元気がなく、少し心配だった。この前から餌を食べていない。ろ過機や設置したサンゴの様子もチェックしたが、特に変わったところはなかった。伊豆に行ったときに一日空けてしまったのが原因か、もしくは水槽の場所を変えたのがまずかったのかもしれない。この先も調子が悪そうであれば、円谷さんにも相談しようと決める。

リビングを軽く掃除して、この日は早めに就寝した。ＤＶＤは寝室に保管した。

翌日は、ゴミ出しのために一度早起きをした。廊下に並んでいたゴミ袋がすべてなくなった達成感に浸り、また寝室に戻って二度寝をした。一〇時過ぎに起きて、簡単な朝食を済ませると同時に、インターホンが鳴った。

「おはようございます。早すぎましたか？」

「ぜんぜん。あがってください」

「お邪魔します」

家に上がり、丁寧に靴をそろえる。スリッパを用意していないことに気づいて、あわててげた箱から取り出す。人を招いたことなどめったにないので、手順がよくわからなかった。

リビングに通し、テレビの前のソファに座ってもらう。きれいに掃除されているのが意外です、と円谷さんがからかってきた。僕自身も意外だ。ここまで掃除できるとは思っていなかった。

雑談をしながら、ＤＶＤのセッティングを終える。ソファに二人で座るが、僕と円谷さんの間には、一人分ほどの絶妙な距離があった。麦茶をローテーブルにだしているが、僕はもちろん、彼女も口をつけようとしない。前置きも雑談ももういらない。今日の目的は一つである。

一花が何を遺したか。

どんなメッセージを僕にくれるのか。
答えがこの先にある。

幕間　保坂一花が遺したもの③

目が覚める。風邪が長引いて、結局四日以上寝込んでしまった。免疫力の著しい低下は、この病の典型的な症状でもある。

いままでやってきたことはひょっとして全部夢のなかのことだったのではないかと不安になったが、手元のノートを確認し、ちゃんと進んでいることがわかって、安心した。

お見舞いに元同僚の律子がやってくる。髪の色が少し変わっていた。観覧車の交渉が上手くいったことを報告すると、彼女も喜んでくれた。

「律子に頼んでもいいかな。図書館の書架プレートの裏に、手紙を張り付けてほしいんだ。ほら、あの裏って誰も見ないから」

「どこの書架？」

「５５０の海洋工学から始まる棚」

「わかった」

あっさりと引き受けてくれた。あの職場で律子と友達になれて、本当に良かった。彼女には本当に助けられている。

「もし博人くんが探し場所に迷ったら、そっとヒントを教えてあげて」

「正直、あんたがそこまで人を好きになるなんて、意外だった。いつもなんかボーッとしてたし、理想のひとに出会うならわたしが先だと思ってた」

「うん。私もそう思う」

自分でも驚くくらい純粋に笑うことができた。ああ、私はまだ笑える。

動けなくなる前に準備を終えられるだろうか。

もう少しでいいから、体、もって。


「あはは！　なにそれあなた」

私が描いたクラゲの絵を見て、橋本さんはひっくりかえって笑った。この先の問題のカードに使う絵を、近所の橋本さんの家で教わっていたところだった。

「やっぱり橋本さんが描いたのを使います」

「一応描いてみたけど、こんな感じでいいの？」

橋本さんにも頼んでいた一枚が完成したようで、見せてもらう。見事な出来で思わず声がでた。口腕も三本になっている。

「海の色もきれい。ありがとうございます」

「絵の具が乾いてくると、もう少し違う色合いになるけど、大丈夫？」

「かまいません。防水加工にはニスを使えばいいんですよね？」

欲しかったイラストが手に入って、橋本さん宅をあとにする。

帰り際、橋本さんがこう言ってくれた。

「あなたのやろうとしていること、とても素敵なことだと思う」

「ありがとうございます。博人くんを、お願いします」

「お節介を焼きすぎるかもしれないけど、そこは許してね」

笑いあって、橋本さんと別れた。


横浜駅に一度でて、東海道線に乗り換えて小田原方面に向かう。海沿いの景色をながめて休憩しながら、目的の駅で降りて、バスを乗りつぎ、旅館につく。

旅館を訪れ、嬉しかったのは、仲居さんのひとりが私を覚えていてくれたことだ。私もその仲居さんを覚えていた。右目の下にあるホクロがチャームポイントの、同じくらいの年齢の仲居さん。名前は佐々木さんといった。

私は佐々木さんに事情を明かした。彼女は女性の私でも思わず見とれるくらいの、上品な笑みを見せた。

「小さな奇跡ですね、そういうの、大好きです。ぜひ手伝わせてください」

確か観覧車のスタッフも同じ表現を使っていた。

小さな奇跡。良い表現だ。

「ですが、ひとつ問題が」佐々木さんが言った。

「問題？」

「正直に申し上げると、この旅館の経営があまり思わしくなくて。もしかしたら数年のうちに閉業になる可能性もなくはありません」

なるほど。年月が経てばそういうことも起こりうる。首都圏にある大きな公園とは違って、地方の旅館は時代の風化にさらされやすい。

少し考えて、こう答えた。

「万が一そのような状況になったら、お手数なのですが、連絡いただけないでしょうか。私ではなく、代理のほうに」

「どなたにご連絡を？」

「妹がいるので、もし可能なら彼女に一報を」

「承知しました」

そのまま薫子の連絡先を伝える。やがて佐々木さんのほかに、女将さんや支配人も話に耳を傾けてくれた。女将さんも手紙を預かることを了承してくれた。一〇〇パーセントは保証できないが、何かあってもできる限りの対処をしてくれると言ってくれた。旅の準備は順調だった。

旅館をでて、バス停で帰りのバスを待つ。眼前には海岸が広がっていた。沈んでいく夕陽は、朝日に負けないくらい、力強いものだった。


「だから薫子が配達員になりすまして、最初の手紙を博人くんの所に届けてほしいの」

「嫌だ。なんであたしがあいつのところにいかなくちゃいけないの」

お見舞いにきた薫子に頼んでみたが、見事にごねられた。まあ予想していたことだ。

「だいたい、なりすますって、何言ってるの」

「変装しろとまでは言わないよ。配達員って最近はほとんど私服だし。顔がばれないようにに帽子を深くかぶるとか、あまり喋らないようにするとか、それくらいでいいよ。あとはウィッグ使うとかかな。ね、お願い。もう問題の手紙にも書いちゃったの。配達員が届けました、って」

「めちゃくちゃだよ、お姉ちゃん。そもそもこのメッセージ探しの旅の計画だって、あたし納得してないから」

「そう言わずに。お姉ちゃんの頼みを聞いてよ。『姉妹の誓い』があるだろぉ」

腕をつかみ、ベッドに引きよせそのまま抱きしめる。もう、もう、と薫子はいじらしい声をだす。この妹は本当に可愛い。大好きだ。

大好きだから、博人くん以上に心配でもある。薫子も私の死を、きっと受け入れないだろう。どんな予想外なことをしても、おかしくない。だからこれは、過保護なことなのかもしれないけど、計画の一部に薫子も巻き込むことにした。

薫子にも動いてもらって、博人くんとも支え合ってくれたら、一番嬉しい。

「私がいなくなったあと、いつでもいい。薫子の好きなタイミングでかまわない。博人くんに旅を始めさせてもいいと思ったら、この手紙を届けにいってあげて」

「まったくもう」

「それからね……」

　その後も要求の止まらない私に、薫子は呆れたような顔を見せていたが、それからすぐ、反応をころりと変えた。「でも、変装はいいかもしれない」とつぶやく声が聞こえた。何をたくらんでいるのだろう。気になったが、いまは置いておくことにする。

　彼女に最初の手紙を渡しながら、さらに続ける。

「あとごめん、もうひとつだけ手伝ってほしいことがあるの」

「もういいよ。なんでも聞くよ。どうしてほしい？　ランボルギーニでも用意する？　ヘリコプターでもチャーターしようか？」

　なげやりな態度の彼女に思わず笑う。わが妹は本当に頼りになる。大学生になってからの薫子は、見た目も少し大人っぽくなった気がする。この人生で報われたことのひとつは、薫子の大学進学をしっかりと見届けられたことだ。

　頼れる妹だけじゃない。友人の律子、橋本さん、旅館の仲居さんや葛西臨海公園の係員の人たち、それにオリンピック公園の人、そして円谷さん。ここまでこられたのは奇跡だった。ねえ博人くん。世の中はそんなに、捨てたものじゃなかったよ。

さあ仕上げだ。

二日後、薫子は頼んでいたものを持ってきてくれた。メッセージを撮影するためのビデオカメラ一式。

手伝おうとしたが、ベッドにいろと怒られた。カメラの設置を見守りながら、私も自分の髪型を直したり、服の乱れを整えたりして待った。申し訳ないことに、薫子のほうが先に準備を終えてしまった。髪型がいまいち気に入らず鏡で確認していると、露骨な溜息が聞こえた。

準備を終えて、薫子に合図を送った。数秒後、ぴ、と設置されたカメラが小さな機械音を鳴らした。緊張して、どこを見ていいかいまいち定まらない。

「もう録画されてる？」

「うん、始まってるよ。いつでもオーケー」

息を整えて。

私はとうとう、カメラのレンズに目を合わせた。

第四章

プレーヤーの開口部にそっとディスクを挿入する。ニュース番組が流れるテレビの入力を切り替えると、初めは真っ暗だった画面にすぐに映像があらわれた。
飛び込んできたのは、ベッドで上半身だけを起こしている一花の姿だった。着ている衣服やベッドの形、左横に設置された医療機器から、病院で撮られたものだとわかった。ビデオカメラ。おそらく彼女の実家にあったのだろう。撮影機材が古いものなのか、画質がそれほど良くはなかった。

『もう録画されてる？』
『うん、始まってるよ。いつでもオーケー』

カメラの画面からたびたび視線をそらし、きょろきょろと見回す一花。会話をしている相手の声に聞き覚えがあった。薫子ちゃんだ。やはり彼女は中身を知っていた。

一度深呼吸をして、一花はカメラのほうを向いてきた。時間を超えて、僕と目が合っている。うすく笑った先に見える歯を僕は何度も見てきた。ああ、彼女がいる。唾をのむと、ごくりと音が鳴った。

『博人くん、ここまでたどりついてくれて、嬉しいです。私の最後のわがままに付き合ってくれてありがとう』

ここで一花の視線が一度外れる。何かを思い出しているようだった。あらかじめ原稿か何かに起こしていて、それを暗記していたのだろうか。

『問題は難しかったかな？　簡単すぎて、あっという間にたどりついちゃった？　これでも頑張って考えたんだよ。ミステリっていうよりはほとんど暗号だったけど、その辺はご愛敬。少しでも博人くんの心に残る旅になってくれたら満足です』

体がいつの間にか前のめりになっていて、ふとした拍子に腕が麦茶のコップに当たってしまった。盛大に中身がこぼれる。だけど僕も円谷さんもすぐに拭こうとはせず、画面にまた、釘づけになる。

『このビデオを遺したのは、私の願いを聞いてほしかったからです。隠していた、正直な気持ちを伝えさせてください』

核心に迫る言葉。彼女が遺そうとした意思。メッセージ。

それはこう続けられた。

『私は博人くんを誰よりも愛している自信があります。博人くんとずっと一緒にいられないのが悔しい。そして、とてもさびしい。もしも博人くんに思い出してもらえなくなったらって考えると、不安でしかたがない』

見たことのないくらい真剣で、緊張しているまなざしだった。そう感じたのは、まさに自分も同じだからかもしれない。一言一句、聞き逃すまいと、神経をとがらせていたからかもしれない。

一花はまっすぐ、僕を見つめて言う。

『どうか残りの人生でも、あなたのなかに居続けさせてくれませんか。私は、あなたの一番でありたい。ほかの誰かのものではない、あなたのそばに。こんな私を、許してくれませんか？』

一呼吸置いたあと、彼女は最後にこう添えた。

『じゃあね、博人くん』

一花がうつむくと、同時にビデオの再生も終わった。画面が固まり、そして、真っ暗になる。映像を映さなくなったテレビ画面は、それを見つめる僕と、円谷さんを代わりに映した。

一花の言葉をひとつずつ思い出し、咀嚼《そしゃく》し、理解しようとした。リモコンを操作して、もう一度見てみたい気持ちになった。その瞬間、円谷さんが急に立ち上がり、リビングからでていってしまった。

「円谷さん？」

あわてて僕も立ちあがり、追いかける。「円谷さん」と、もう一度呼びかけても答えない。振り返ってすらこない。何が起きているのか、わからなかった。

玄関にたどりつくころにはもう、彼女は通りから消えていた。

何十回目かのリピートを繰り返し、今日がいつかわからなくなって、一度リビングをでた。洗面台の鏡で確認し、鬚の伸び具合や目のクマから察して、あれから三日ほど経ったのではないかと推測する。

顔を洗っている最中も、彼女の言葉が響き続けていた。

『どうか、残りの人生でも、あなたのなかに居続けさせてくれませんか。私は、あなたの一番でありたい。ほかの誰かのものではない、あなたのそばに。こんな私を、許してくれませんか？』

彼女らしくないといえば、らしくない言葉。だけど普段の一花が言わないような言葉だからこそ、こうして最後のメッセージとして遺したともいえる。むしろそうであることが、しっくりきた。僕が気づいてあげられなかった、彼女の秘めていた部分だったのかもしれない。ずっと心のうちに抱いていた不安だったのかもしれない。一花はそれを遺し、託し、伝えようとしてくれた。

リビングは早くもゴミであふれかえろうとしている。ソファのあたりが特にひどい。仕事を再開させれば、今度はまたテーブル付近が汚れていくだろう。絵の具の色を重ねるみたいに、また少しずつ、元の景色に戻っていく。

一花の望むことなら、僕はすべて受け入れるつもりだった。

思い出の場所をめぐるこの一か月と少しは、僕を家から外にだす役割があったのと同時に、きっと、彼女を忘れないよう、しっかり刻みつけておくための時間でもあったのかもしれない。

ふと、薫子ちゃんに見たことを報告にいく約束があったのを思い出す。それを果たさなければいけない。彼女はまだあの部屋で泣いているだろうか。僕はどんな言葉をかければいいのか。循環と停滞。そんな言葉がよぎる。

寝室で着替えを済ませていると、視界の隅に水槽がうつる。アゲハの元気がなくなっていた。毎日餌はあげているけど、活発に泳いでいるところをあまり見なくなった。底のほうでヒレを使ってバランスを取り、置物のモアイ像の近くでただじっとしている。

家をでて、薫子ちゃんの家とは別の方向に歩きだすことにした。十分ほどで商店街につき、すっかりなじみになった道を進み、『熱帯魚店　からふる』にたどりつく。

店に入る前に深呼吸した。家をとびだしていった円谷さんの姿が浮かぶ。ナンヨウハギのアゲハの体調について相談しにきたつもりだったけど、いま僕は、ここにきてよかったのだろうか。そもそも、本当にナンヨウハギの相談だけのためにここにきたのだろうか。自分の心理さえあいまいだった。

意を決して一歩進むと、店の自動ドアが開く。水槽に囲まれたほの暗い店内。いまではこの明かりが、魚のための照明なのだと理解できる。

レジの奥から顔をだしたのは、別の男性の店員だった。六〇代ほどで、ふくよかな体型。

「いらっしゃいませ。何かお探しですか？」

「すみません。今日って円谷さんはいないんですか？　あの、女性の店員の」

「透子《とうこ》と知り合いなんですか？」

彼女の名前。男性は自分の家族みたいに、やけに親しそうに呼んでいた。その態度で、彼がここの店長なのだとようやく理解した。

「彼女なら辞めましたよ」

「え？」

「つい昨日ね。事情は深くは聞かなかったけど、実家に帰るって」

「……知りませんでした」動揺を隠して、なるべく淡々と答えた。

「すみませんね、急なことで。店にきてくれる常連さんにせめて挨拶はしていけっていったんですけど、なかなか譲らなくて」

それから店長は、彼女がいてくれていかに助かっていたかを語り始めた。水族館のスタッフとして魚と関わっていきたいという円谷さんの夢も知っていて、応援もしていたという。

店をでて、携帯で電話をかけた。円谷さんはでなかった。もう一度かけてみたが、今度は電源が入っていないというアナウンスが流れて、一方的に通話が切れた。

円谷さんが長年勤めていた店を辞めた理由。

一から十まで理解できているつもりはないが、そこに僕は、きっと無関係ではない。問題はその割合が、どれくらいのものであるかということだ。すべて僕が原因だったのか、それともほんの一要素にすぎないだけだったのか。その答えで、僕のなかで想像する円谷さんの姿が変わってくる。

彼女は愛の正体を見つけ出すことはできたのだろうか。もし見つけ出せたなら、答えを聞いてみたかった。円谷さんはどんな表情で答えを告げてくるだろう。想像してみたが、彼女の表情に、ビデオで流れた一花の姿がすぐに重なってきた。

病院にいたころの一花。その記憶がよみがえる。

◆　◆　◆

病院独特の、人工的な清潔感のある匂いから解放された庭園は、今日も多くの患者の憩いの場所となっている。

レンガの道を進みながら奥に進んだところ、テーブル席の一つに一花がいた。病院着とカーディガンを重ねた格好は、入院して以降、彼女のお決まりの服装になっている。

近づいてくる僕に気づかず、一花は何かのノートにペンを走らせていた。

「何書いてるの？」

「おわ、わ、ちょ、おおい」

不意をつかれたように声をあげて、そのノートを隠してしまう。

「別になんでもないから。ていうかいるんなら言ってよ」

「いまきたばっかりだよ。ここに来る途中、主治医の先生に会った。検査の時間が近いからそろそろ降りて来いって」

「はいはい、検査ね」

「ちゃんと行くんだよ」

「わかってる。ただ、いつ歩けなくなるかもわからないのに、今のうちからベッドで寝っ転がってやるつもりはない」

外出許可はまだぎりぎりとれる。だけどしだいに行動は制限されて、思うように体が動かなくなることもあるという。免疫力が落ちて、ちょっとした風邪でも大きな不調につながる。

一花が位置をずれてくれたので、空いたスペースに腰を下ろす。座った席には、彼女の熱がまだ残っていた。

「昔の友達とか、元職場のひととか、お見舞いにきてくれるんだけどね。面白いのは、好きな音楽や映画、小説の話ができなくなったこと。たぶん歌詞や物語に、デリケートな部分があるからだろうね。みんな気を遣って話さないの。行動はともかく、話題まで制限されるとは思ってなかった」

　ポジティブな歌詞は白々しく、死を連想させる物語や描写は生々しいせいで、どちらにしても傷つけることになるかもしれない。お見舞いにやってくる人たちの気持ちは、僕にもわかる。一花が望むから、ミステリ小説の殺人トリックの話をすることもあるけど、それすらも「気を遣わないという気遣い」になっている。

「一花、やっぱり結婚しないか」

「なに博人くん、私が死ぬと思って、早めにすませちゃいたいの？」

「そんなんじゃない」

　感情が制御できず、少し強めの口調になってしまった。ごめん、と、さらに彼女に謝らせてしまう。最低だった。

「僕こそごめん。前向きなことをしていれば、病もなくなるんじゃないかと」

　一花は返事のかわりに、自分の家族の話を始めた。それは自分と同じ病で亡くなったという、祖父の話だった。

「お祖父《じい》ちゃんが亡くなったときね、もちろん悲しかったけど、何よりショックだったのが、傍らにいたお祖母ちゃんが抜けがらみたいになっちゃったこと。それまで元気で過ごして、冗談も言って、家事も張り切ってやってたお祖母ちゃんが、何もかもどうでもよくなっちゃったみたいに、寝たきりになったこと。お祖父ちゃんの存在が、生きがいだったんだな、ってそのとき知った」

いまはだいぶ落ち着いたが当時は大変だった、と一花は思い出すように言った。

彼女が心配しているのは、それが僕にも起こるかもしれないという可能性。

「僕はきみが思うほど弱くない」

「本当に？　そう言い切れる？　私がいなくなって、きみは抜けがらにならないって、この場で誓える？」

「きみが亡くなる可能性は考えないようにしてる」

それだよ、と一花は告げてくる。その可能性を考えていない。向き合っていないのだ、と。だから僕は心配されている。でも、だからって、どうしようもない。

この考えを覆すつもりはない。近くにいる僕は、彼女よりも彼女の完治を願わないといけないのだ。それが僕の役割だ。

「悪いけど、めそめそ泣いて死んでやるつもりはないよ。私が恐れているようなことに、きみがならないようにするためなら、どんなことだってするつもり」

「恐れていること？」

「博人くんにはずっと元気でいてほしい。悩みなんて抱えなくてもよくて、世の中のぜんぶの汚いものから遠ざけたい。もしもくじけそうになっても、しっかり立ち直ってくれるきみであってほしい。わがままだってわかってる。でも」

「そのための方法が、結婚をしないっていう選択？」

「そういうこと」

言い終えると同時に、庭園内のスピーカーからアナウンスが流れる。一花を呼ぶアナウンスだった。検査の時間であることを告げている。

彼女は席を立つ。まだ話すべきことがあるような気がして、僕はすぐに立てなかった。

「ほらいこう。今日は仕事休みでしょ？　午後からなら外出許可とれるみたいだし、少し散歩したいな」

一花に促されて、ようやく席を立つ。

どれだけ向き合えと言われても、できそうになかった。こんなに受け応えもしっかりしていて、午後には外出の約束もしている。手をつなげば体温を感じる。

それなのに、もうすぐ彼女がいなくなる。そんな未来がどうしても想像できなかった。

◆　◆　◆

翌朝になり、水槽を確認するとアゲハが亡くなっていた。

アゲハはぴくりとも動かず、ろ過機が起こすほんのわずかな水流に運ばれて、砂利の床を転がっていた。ひれも、えらも動いていない。その瞳が白く濁っている。

小学校のころ、自分だけアサガオがうまく育てられず、代わりに飼い始めた青い魚。

一花と付き合い始めて、彼女が家に泊まりにきたとき、空っぽの水槽を見て飼おうと提案してくれた。そしてあの熱帯魚店で出会った、ナンヨウハギ。

水槽からアゲハをすくいだすとき、床に一滴だけこぼれてしまった。なかの水か、自分の涙かはわからなかった。持ってきたコップにアゲハを入れて、そのまま庭まで連れていった。

裸足のまま土と草を踏みぬいていく。足首のあたりでちくりと痛みを感じた。葉で切ってしまったのだろう。気にしなかった。

比較的きれいな花壇にアゲハを埋めることにした。近所の猫が掘り返してしまわないよう、なるべく深くまで、手を使って掘った。爪の間に土が食いこんで、痛みが走ってもやめなかった。

土で汚れた手を洗っていると、インターホンが鳴った。無視しようかとも考えたが、二回目が鳴って、玄関に向かった。ドアを開けて、僕は自分の判断が正しかったことを知る。

「円谷さん」

今日の彼女は黒ぶちの眼鏡をかけていた。一か月ほど前に会ったとき、店でかけていたのと同じ眼鏡だった。傍らにはキャリーケースがひとつあった。小さい紙袋がそのうえに載っている。もう一度インターホンを押そうとしていたところだったらしく、僕の呼び声に気づき、手を下ろした。彼女がお辞儀をしてくる。

「電話、出られずすみません」

「いいんです。この前お店に行って、店長さんから聞きました」

「はい。辞めてきました。実家が千葉の勝浦《かつうら》にあるので、戻るつもりです」

「……理由を聞いてもいいですか」

「前に伊豆で話したことを、覚えていますか」

「旅を手伝った理由のこと？」

「はい。愛の正体です。私には、それがわかりました」

そう言って彼女は、ほほ笑んだ。それは僕が初めて見る円谷さんの表情だった。

こんな柔らかい笑顔を見せるひとなのだと、僕は知らなかった。

「一花さんが遺した映像を見たあのとき、最初に抱いたのが『罪悪感』だったんです。好奇心でも達成感でもなく、罪悪感。だから思わず、怖くて、あのとき逃げだしてしまった。家に向かって走っているとき、ようやく気づきました。私はあなたのことが、どうしようもなく、好きになっていたのだと」

語る口調は、あくまでもやさしいものだった。

「ひとを好きになるって、こういうことだったんだと知りました。あなたがどんな言葉を紡ぐのか気になる。どんな顔を見せてくれるのか気になる。気づけば目で追ってしまう。そのひとのために自分は何かできないか、探してしまう」

だから私はここにいちゃいけないんです。

彼女はそう続ける。

「誰かを想い何かを捧げる。たぶんそれが、愛の本質です。桐山さんのことを想うたび、私は一花さんが、いかにあなたを愛していたかもわかるようになりました。自分の気持ちに嘘はありません。だけど一花さんの想いも、私はやっぱり尊重したい」

「円谷さん……」

「いずれあの店を出るつもりでした。この前、話したように、物事は循環していくのだと思います。私はあそこに停滞していました。だから今回のことをきっかけにしようと決めました。そして離れる前に、あなたにちゃんと想いを伝えてから去りたかった」

僕が何か答える前に、円谷さんはキャリーケースのうえに載っている小さな紙袋を、僕に渡してきた。これは？　と聞くと、円谷さんは答えてきた。

「一花さんに借りていたものがあったので、それを返しに来たんです。本当はもっと前に返せればよかったんですが、私、申し訳ないことに字を読むのが遅くて」

一花が彼女に何を貸したのか気になったが、袋を開ける前に円谷さんがキャリーケースの取っ手を握ったのが見えて、僕はすぐに意識を彼女に戻した。薫子ちゃんのときと同じだった。僕はかける言葉が見つからなかった。

「さようなら。桐山さん」

そう言って彼女は去っていった。その背中が消えるまで、僕は動けなかった。


リビングに戻り、円谷さんから受け取った紙袋を開ける。中に入っていたのは、一冊の文庫本だった。あらすじの書かれた裏表紙が目に飛び込む。丁寧にビニールで包装もされていた。のりづけされた部分をはがし、手に取る。

一花が円谷さんに貸していたものというのは、本だったらしい。そういえば、伊豆に行く前、借りたものがあると言っていた気がする。手紙の仕込みをするときに、一度だけ話したと円谷さんから聞いていたが、詳しい内容までは把握していない。その会話のなかで本を貸すようなやりとりがあったのだろうか。

裏返して、目にした表紙に、はっと息をのんだ。

『鏡の国のアリス』

覚えていないわけがない。

図書館の受付に座っている彼女に返却手続きをするとき、僕が連絡先を忍ばせた本こそが、小説の『鏡の国のアリス』だった。僕の性格には合わないような児童書をわざと忍ばせて、彼女に注目してもらうのが狙いだったのだ。最初は思うようには気づいてもらえず、大変だった。

僕はあのとき、本の真ん中のページに自分の連絡先を挟んでいた。あそこから僕と一花の日々が始まった。そんな記憶がよぎり、思わず本を開いてページをめくってみる。しかしメッセージのようなものはなかった。何かが始まるような気配はなかった。

「あるわけない」

これは何かの手がかりではないのかと、旅の続きではないのかと、僕は期待を抱いてしまっていた。一花が円谷さんに本を貸しただけ。ただそれだけのことなのに、僕は何でもないことにまで、意味はないかとすがろうとしている。

わざと大きめの溜息をついて、興奮した自分を一度なだめる。本を戻そうと二階への階段をのぼる。

寝室に入り、棚の並び順通りに本をしまおうとした。

そのときだった。

「いや、違う」

そこまできて、やっと違和感に気づいた。

この本に意味はないと、ただの淡い期待にすぎないと切り捨てたはずの心に、再び火が灯るのを感じた。僕は一番大事な事実を見逃していた。

「……彼女は、ひとに本を貸したりしない」

人に本を貸したことは一度もなかった。そんな話は一度も聞かなかった。誰よりも本を大事にしていて、僕にさえ貸さなかった本があるほどだ。そんな彼女が、どうして円谷さんに本を貸したのか。一度きりの会話で、それきり会うこともないはずだったのに、どうして熱帯魚店の店員に、本を貸すことができたのか。

意味があったからだ。

その行為にメッセージがあったからだ。

伊豆に誘ったとき、僕が抱いた予想は、的外れなものじゃなかった。やっぱり彼女は円谷さんに託していたのだ。

『鏡の国のアリス』は、僕が彼女へのアプローチに使った本だ。だけどいま注目するべきなのは、その記憶ではない。

答えはもっと奥にある。奥にあると同時に、最もわかりやすい場所にある。

リビングに戻り、テレビをつける。

ディスクを入れて画面を切り替える。一花と、彼女の寝ているベッドが映しだされる。横の機械、ベッドのシーツの色。病院で撮られたもの。画質の悪さに惑わされることなく、そして彼女の語りかけてくる言葉すら無視して、僕は映像をくまなくチェックする。

正体に気づいたところで、天井をあおいだ。

僕はどれほど愚かだったのだろう。

メッセージ探しは終わっていない。これはまだ旅の続きだったのだ。

「きみって本当に、予想外なことをする」

つぶやいて、それから次の瞬間には家をとびだしていた。

電車を乗り継ぎ、改札を降りてからまた走った。何度か足がもつれて転びそうになった。気が急《せ》いていた。早く確かめないと、この事実が逃げ出してしまいそうな考えにとらわれていた。

目的のマンションにたどりつき、エントランスで部屋番号を入力して呼びだす。相手は出なかった。呼吸を整えて、電話をかけてみるが、薫子ちゃんにはつながらなかった。

買い物袋を両手に提げた女性が入ってくる。邪魔になると思って隅に避ける。エントランスのインターホンで、女性が押した部屋番号が薫子ちゃんの部屋のものであることに気づき、「え」と声をあげた。向こうも僕に気づき、まじまじと見つめあった。女性が口を開く。

「博人くん？」

「春香さん」

一花と薫子ちゃんの母親だった。髪の色が一花とよく似ている。少し細めの目の形は薫子ちゃんとそっくりだ。プロポーズのあとに、何度か一花の実家に寄り、挨拶をした。次に会ったのは一花が入院していたとき。そして最後に会ったのは、葬式のときだ。四十九日や一周忌にはでなかった。

「久しぶりね、もしかして薫子に会いにきたの？」

「そうです。春香さんもですか？」

「ときどきこうやって、食材を差し入れするついでに様子を見に来てるの」

「でも、いまは留守みたいです。鳴らしてもでなくて」

「あら。じゃあ勝手に入ってしまいましょう」

　春香さんはそう言って財布から鍵をだした。インターホン横の鍵穴に差し込むと、自動ドアが開く。管理人室に座る老夫婦とも手短に挨拶をかわし、進んでいく。薫子ちゃんの部屋の名義は、このひとになっているのかもしれない。

　春香さんについていき、エレベーターに乗り込む。一瞬だけ躊躇した僕を見て、不思議そうな顔をしてきた。

「このエレベーター、いつ故障してもおかしくないと薫子ちゃんが言っていたので」

「あの子は心配性なのよ。なんでも考えすぎる」

　春香さんと僕を乗せたエレベーターは、正常に作動し、薫子ちゃんのいる部屋の階まで運んでくれた。

　部屋の前にもインターホンがあり、押してみるがやはり応答はなかった。春香さんは問答無用で鍵を使ってドアを開ける。薫子ちゃんがやっていたように、春香さんも開ける前に一度、ドアを蹴っていた。

「本当に留守みたいね。また部屋が散らかってる。ちょっと目を離すとこれなんだから」

「薫子ちゃんの行きそうなところ、心当たりはありませんか」

「どうだろう」

春香さんは廊下を進んでいく。僕には彼女の居場所の見当がつかない。いまこの世界で一番薫子ちゃんのことを知っているのは、彼女の母親以外にいない。僕も靴を脱いで中に入る。

「薫子に何か用があるの？」

「はい。大事な用事が。確かめたいことも」

「その様子だと、薫子はちゃんと、一花の手紙をあなたに渡したみたいね」

「ご存じだったんですね」

「すべてを知っているわけじゃないけど。でも、病院で見つけたノートに、あなたのことや計画のメモがあったから」

「ノート？」

「ほら、これよ」

春香さんは散らかった部屋のなかで、そこだけ妙に片付いているキャビネットを指す。パソコンの上に置かれたノート。薫子ちゃんは、大学の講義用ノートだと言っていた。

春香さんは手に取り、ぱらぱらとめくっていく。最後までめくり終えて、僕に手渡してくる。彼女が書いていたノート。そんなものがあるなんて知らなかった。

「薫子ちゃんは僕に触るなと。この前怒られました。勝手に読めません」

「このノートは別に誰のものでもないわ。唯一の持ち主は永遠に不在なんだから。たまたまいま、薫子の手元にあるというだけ。誰が触れようと、あの子が文句を言うことじゃない」

再度、差し出されたノートをそっと受け取る。ページを順番にめくっていく。

春香さんは差し入れに持ってきたという食材を、冷蔵庫にしまい始めた。

書かれていたのは、計画のメモだった。罫線《けいせん》に沿って丁寧に書かれたものではない。頭のなかにあるアイデアを、そのまま白紙にぶちまけているような、そんな文章。みなとみらいという単語に、『371036l』と乱暴に数字が殴り書きされている。最初の問題をつくるためのメモだと、いまならわかる。

『みなとみらいの椅子の下。雨除けの防止をする。誰かに見張ってもらうとか?』『熱帯魚店にいく。店員さんにお願いする』『婚約指輪を加工する。加工してくれる場所を検討』『葛西臨海公園の責任者にアポ』『駒沢オリンピック公園のサイクリング』『旅館の手配、忘れずに!』『図書館は友人に手伝ってもらう』

メモの横にはチェック欄がつくられて、それぞれ完了済みのチェックが入っている。ボツになった問題のアイデアは、乱暴にボールペンで消され、読めなくなっている。

そして目に飛び込む、ある一文。

『薫子にもサポートを頼む。あの子に最初の手紙を託す。「鏡の国のアリス」の本も』

一花は元々、薫子ちゃんに渡すつもりだったらしい。何かの予定がずれて、円谷さんの手に渡った。一花は円谷さんに本を託した。

ノートにあるのは計画のメモだけではなかった。日記と呼べるほど長い文章ではない。けれど、そこに書かれていたのは、彼女の本心だった。

『博人くんだけじゃなく、妹も心配。あの子が大好き。大切な家族』

ページの端に、水滴の落ちたあとがある。一花のものではない。なんとなく、そんな気がした。

そして僕は。

自分の仮説が、間違っていなかったことを知る。

『偽物と本物の映像、ひとつずつを用意する。ヒントになる「鏡の国のアリス」の本も用意しないといけない。博人くんならきっと気づく』

映像を見て、抱いた違和感。

『鏡の国のアリス』は、『不思議の国のアリス』の続編で、アリスは鏡の国で冒険をする。そこでアリスはさまざまなゲームに遭遇する。鏡の国では、進むためには立ち止まらないといけなかったり、喉が渇けばクッキーを食べたり、見えている方向とは逆に歩かないと行きたい方向に進めない。すべてがあべこべになる。

そしてあの映像は、鏡を通して撮影されたものだ。

一花のベッドに置かれた機械の位置。見舞いに行っていたとき、機械は右にあった。映像では左だ。それからわずかに届いている日差しも逆。画質の悪いビデオで撮影したのは、鏡を通して撮影したことによるわずかな違和感をごまかすため。一花は、最後の最後に、ミステリにおける古典的なトリックを使ってきたのだ。彼女は古典を愛していた。

鏡を通して語られた言葉はま逆、嘘の意味を持っている。メッセージ自体が偽物だった。メモにある偽物の映像とはそういう意味だ。

ノートを閉じかけたとき、一番後ろのページに大きく『目標！』と、マジックペンで太い文字が書かれていた。その下に、一言が続く。

『博人くんの道しるべをつくるまでは、くたばらない』

文字全体を強調するように、ぐるぐると丸で囲んであった。

あの日。一花を失った日。

ほんの一瞬だけ病室を抜けて、僕は彼女が亡くなるそのときを、一人きりにしてしまった。その罪悪感は、ときに夢にでてくるくらい、いまも僕のなかに棲み続けている。

ノートをキャビネットに戻すと同時に、春香さんが戻ってきた。

「携帯も置いてでていったみたいね。通学用のカバンもあるし、大学に行ってるわけじゃないみたい。コンビニなら、もう戻ってきてもおかしくないし」

春香さんは続ける。

「前にもこういうことがあったの。だからひとつだけ、行き場所に心当たりがある」

「それは、どこですか」

僕は心当たりのある場所と、行き方を教えてもらった。最後のメッセージを持っているのは薫子ちゃんだ。この部屋を探せば、もしかしたら本物のメッセージは見つかるかもしれない。だけど僕は、彼女から受け取る必要があった。一花が託した、大切な家族である薫子ちゃんから。

部屋をでようとしたとき、春香さんに一度呼び止められた。空気が変わるのを察して、どんな言葉でも僕は受け入れようと思った。罵りでも、非難でも、暴言でも、悪口でも。だけどそんな予想はあまりにも的外れで、僕は自分を呪いそうになった。

「ありがとう、博人くん。最後まで一花といてくれて」


電車に三〇分ほど揺られて、駅を降りる。ロータリーからタクシーに乗り、住宅街を進んだ。大通りをそれて坂を登っていく。入口の手前で降ろしてもらい、僕は建物の支柱に彫られた『霊園』という文字を見つける。

初めて足を踏み入れる場所だった。僕は一度も一花の墓参りに来たことがなかった。あの家にこもりきり、時間の感覚を失い、四十九日や一周忌も過ぎていた。僕にはここにくる資格さえないと思っていた。

教えられた場所に向かう。一列に並んだ墓を横目に、砂利道を歩いていく。道の先に、ひとりの女子が墓の前でしゃがみこんでいるのが見えた。

薄緑のセーターと、ブルージーンズ。そしてウィッグ。彼女は一花であることをやめない。花を供えるわけでも、墓のまわりを掃除しているわけでもなく、ただ目の前にしゃがみこみ、墓を見上げていた。寒さに震えるように、ひざを抱えていた。

近づくと、振り向くことなく薫子ちゃんがぼそりと言った。

「どうしてここがわかったの」

「きみのお母さんに教えてもらった」

「ふうん」

「きみのマンションの前で会ったんだ。差し入れにたくさんの食べ物を持ってきてたよ」

「あのひと、いつも食べきれない量を冷蔵庫に詰め込むから」

「それからごめん、ノートを見た」

「……別にいいよ。マンションに来たってことは、解いたんでしょ」

「メッセージの映像はもう一本ある。そうだろう？」

彼女は答えない。言葉を発しない。だけどときに無言というのは、何よりも雄弁に答えをしめしてくれる。

待っていると、薫子ちゃんが口を開いた。

「あんたに手紙の旅を始めさせる気なんて、本当はなかった。手紙は託されてたけど、あんたに会うつもりなんてなかった」

「それでも僕に、最初の手紙を託してくれた」

「電話があったの。伊豆の旅館の女将さんから。旅館がつぶれるけど、手紙は預かっておくって。お姉ちゃんは、旅先の手がかりを置く場所に何かあったとき、私に連絡がくるようにしてたみたい。無視しようとしたけど、できなくて……」

姉妹の誓い。

お互いのピンチには必ずかけつける。力になる。そういう約束。女将さんから電話があったとき、その誓いのことが、よぎったに違いない。

薫子ちゃんは顔を膝にうずめる。そこから、すすり泣く声が聞こえてくる。薫子ちゃんを突き動かしたのは、やっぱり一花だった。いつでも彼女なのだ。

「いつかどうせ、最後のメッセージにたどりつくだろうと思った。だからあたしは、自分なりに抵抗してやることにした」

「抵抗、って」

「ウィッグをかぶって、お姉ちゃんになりすまして、精一杯、脅かしてやろうって。何か月もかけて準備した。本物に見えるように」

「……もしも僕が途中でくじけていたら？」

「そのときは、最後のメッセージは燃やしてやるつもりだった」

「それが一花の望む結末ではなかったとしても？」

「お姉ちゃんはっ！」

彼女が立ち上がり、僕に向かって叫ぶ。霊園にその声が響く。近くの林に反響し、悲鳴となって、僕の耳にこだましていく。

「お姉ちゃんは、泣いてた。あの映像を撮り終えて、あたしが病室をでたあとに泣いてた。あの言葉がぜんぶ嘘ってわけじゃない！　本音も、混ざってる」

薫子ちゃんは、僕と同じか、それ以上に一花の死に強く影響されている。一花は最後のメッセージの受け渡しを薫子ちゃんにさせることで、彼女にも、自分の死と向き合わせようとしていた。

「嫌なの。お姉ちゃんが愛したあんたが、ほかの女と一緒にいるのが嫌なの。お姉ちゃんが二番手になるみたいで不安なの。薄れていきそうで、それが悔しくて、悲しくて」

そこにいるのは僕自身だ。

彼女の部屋、廊下の、その奥まで広がるゴミの残骸。薫子ちゃんは僕そのものだ。死を受け入れられない姿は、鏡を見るみたいにそっくりだった。

「薄れるわけない」

彼女に近づく。

「一花はこんな旅を用意してくれたんだ。一生かけて抱えていけるくらい、大きな思い出を、いくつもめぐってきたんだ。心配なら僕を監視していればいい。もしも、彼女にまつわる思い出をひとつでも忘れたら、その場で殺してくれてかまわない。だから……」

薫子ちゃんのウィッグを僕はそっと外す。短くてきれいな黒髪だった。

せきを切ったように、彼女は泣き出した。すがるように、薫子ちゃんが僕の服をつかんでくる。顔をうずめてくる。

「会いたい。お姉ちゃんに、会いたい。会いたいよぉ……」

「うん。僕もだ」

うなずいて、続ける。

「長い間、お互いに立ち止まってしまった」

僕はその場で踏みとどまった。泣きやむまで、彼女の体を支え続けた。

二人でタクシーに乗り込み、薫子ちゃんの家を目指した。僕は本物のメッセージが入ったディスクを受け取るつもりだった。しかし横に座る彼女から明かされたのは、意外な事実だった。

それは薫子ちゃんが抱えていた最後の秘密だった。

「あたしはお姉ちゃんのメッセージは持っていない」

「なんだって？」

「お姉ちゃんは別の場所に最後のメッセージを隠してる」

嘘をついている様子はなかった。この期に及んで疑う理由もない。僕はまだたどりつけていない。

「……てっきり、本物のメッセージもきみがずっと持っているのだと」

「偽物のメッセージに気づいたあと、あんたにヒントを教えるように言われてる。だからここで話す」

旅は終わっていない。僕はいま、大きな門の前に立っている。門に手をかけ、あとひと押しというところまで来ている。

「最後の問題が書かれたカードは、いま持ってる？」
「いや、持っていない。けど問題ならすべて覚えている」
「最後の問題、便せんに書かれた最初の言葉を英語にして、その頭文字を並べるとあたしの名前になる。だけどその答えはミスリード。あれは別の場所を指している」
僕は書かれた問題の文章を、頭のなかで反復する。

最終問題：
私の遺したメッセージを持っているのは誰でしょう？
答えはすでに、きみの手の中に隠してあります。
ヒントは『use your head』。

きみなら大丈夫。きっとできる。

「答えはあんたの手の中に集まってる。すでにある。お姉ちゃんの遺したメッセージを持っているのは、誰？」

薫子ちゃんが見つめてくる。

その視線で察した。

「僕か？」

彼女が静かにうなずく。

「僕はすでにメッセージを持っているのか？」

「お姉ちゃんが遺した手紙の旅の目的地には、ある共通点がある。それがヒントだよ」

「共通点……」

旅の共通点。

それは何だ。

一花はすべてを計画していた。いままでめぐってきた場所、そのすべてがヒントだったのだとしたら。

僕はどこに行った。どこをめぐってきた。彼女との思い出の場所に行った。過去を順番にめぐってきた。

だけどそれはすべてじゃない。思い出にまつわるすべての場所をめぐったというわけではない。一花は、何を基準に場所を厳選していたのか。僕の手の中とは、いったいどういう意味だ。考えろ。絶対に答えは用意されて――

「……もしかして、共通点って」

「わかった？　それなら行先を変えるべき」

僕は薫子ちゃんのアドバイスに従った。タクシーは信号を左に折れて、薫子ちゃんの家とは逆方向を目指す。

タクシーを降りて、たどりついたのは僕の自宅だった。ずっと探していた一花の最後のメッセージ。たくさんの目的地も、おおげさな旅も、すべてカモフラージュだった。答えは最初からここにあった。一人暮らしの一軒家。二人で暮らしていた賃貸。一花は浴室やトイレのタイルを気に入り、僕は庭が好きだった。

家に入り、廊下を進む。もういない一花に代わって、僕は薫子ちゃんに自分の導き出した答えを告げる。

「一つ目の目的地はみなとみらい。二つ目は熱帯魚店。三つ目は葛西臨海公園と水族館。四つ目は伊豆の旅館で、五つ目は図書館」

一歩いっぽ、廊下を進むたび、これまでの会話の記憶がよみがえる。ほとんどは円谷さんとのものだった。その場所で交わした言葉。港の風景が好きで』

『僕は毎日、ここをランニングしているものです。

『また新しいナンヨウハギをお探しですか？』

『この先にマグロの回遊コーナーがあります』

『可愛いイルカですね』

『貝殻を拾うのに理由はありません』

『配架番号のプレートの裏です』

僕らはずっと、同じテーマのなかで旅をしていた。

共通点はただ一つ。

「海だ。すべて『海』に関係している。みなとみらいのそばには海がある。熱帯魚は海に棲む。水族館は言うまでもない。オリンピック公園で乗った自転車には海に棲むイルカの絵があった。伊豆の旅館からは海が見えた」

「じゃあ図書館は？」

「示された書架番号の550には、海洋工学関係の本がある」

それが義務であるかのように、薫子ちゃんも大人しくついてくる。

「答えは僕の手の中にある。手というのは何も、本物の手だけを指しているわけじゃない。手の中というのは、この家のことだ。そしてこの家にある『海』はひとつだけ」

リビングのドアを開ける。

壁際に置かれた水槽に、僕は近づいていく。

一花になりすました薫子ちゃんが、この家に入ったときのことを思い出す。彼女は台所で水をだし、手を洗って僕を待っていた。食事をつくろうとする一花を演じているのだと思っていたが、そうではなかったとしたら。あれが、もともと濡れていた腕をごまかすための行動だったとしたら。定期的に、それがちゃんとそこにあるかチェックするよう、一花に頼まれていたのだとしたら。本当は僕の帰宅を予期しておらず、あわててあの行動に走っていたのだとしたら。

「最後に一時帰宅をしたとき、一花はアゲハの水槽を気にかけていた」

袖をまくるのも忘れて、そのまま腕を水槽のなかに突っ込む。もうアゲハのいない、空っぽの水槽。

そこでヒントを思い出す。

『use your head』。頭を使え。

そういうことか、と思わず呆れたように笑う。水槽のなかにあるモアイ像、

『頭部』の置物をそっとどかす。モアイ像が置かれていた底にある砂利を、かきわけていく。かきわけられた砂利が水槽のなかを舞っていく。

腕を動かした勢いで、水槽の水が少し床にこぼれる。だけどもう激しく動かす必要はない。指の先に、ある感触を見つけたからだった。

僕はつかんだそれを水底から取り出す。

DVDディスク。ビニールのパックにつつまれ、さらにプラスチックのケースに入っている。相変わらずの厳重さだった。

彼女はずっと、僕のそばにいたのだ。

包装をといて、ディスクを取り出す。表面にはマジックペンで『一花24.05.28』と殴り書きされていた。彼女の名前と日付。

テレビをつける。レコーダーを起動し、ディスクを挿入する。薫子ちゃんと一緒にソファに腰を下ろして、読みこむのを静かに待った。

旅を始めたときから不安だった。

最後のメッセージを受け取った僕は、はたして立ち直れるだろうかと。彼女の期待にそえる姿に、なれるだろうかと。

だけどもうおしまいにしよう。

思い出して苦しむのは、終わりにしよう。

僕が彼女を思い出すときは、いつだって笑顔でいたい。温かい気持ちになっていたい。一花もきっと望んでいる。

画面が明るくなり、やがて一花があらわれた。

『というわけで、あちらは偽物でした』

日の射す方向、横に置かれた機械は正しい位置にある。画質は鮮明で、声もクリアな映像だった。

『すぐに気づいちゃった？

それとも円谷さんに渡したあの本がしっかりヒントになったかな？

あ、もしかしたら偽物に気づかず先にこっちをつきとめた可能性もあるね。

とにかく、たどりつけた。きみは賢いね、博人くん』

一花は笑顔のまま続ける。

『でも、完璧な人間がこの世に存在しないように、賢い博人くんにももちろん欠点はあります。私は、それに気づいているつもりです』

僕の欠点。すぐにふさぎこむところだろうか。男らしくないところだろうか。運動ができないところだろうか。こうやって、いちいち考え込んでしまうところかもしれない。思いつくものが多すぎる。だけど一花の答えは明確だった。

『きみはね、きっと誰かがそばにいないと、ダメな人なんだと思います。博人くんはやさしい。だから誰かを支えたいと思うし、実際にそうする。でも傷つきやすいきみは、同時に誰かの支えを求めている。そんな風に思ったから、メッセージを遺すことに決めていました』

一花がどれほど苦労して、この旅を完成させたか。どれほどの人と出会い、頭を下げ、実現させてきたのか。僕には想像もつかない。きみのすることは、いつだって大きすぎて、予想を超えてしまうから。

『私が入院するとき、婚約指輪を託してくれたよね。あれ、本当に嬉しかった。信じてくれた証だと思ったから。でもメッセージを遺すということは、ある意味では裏切りになるかもしれないね。ごめんなさい』

一花が小さく頭を下げてくる。薫子ちゃんがトイレ、と言って席を立った。僕に気を遣ってくれたのだろう。

画面の一花は続ける。対話をするように、僕も向きなおる。

『さよならという言葉は嫌いなので、代わりに感謝を言わせてください』

用意してくれていたのは。

『博人くん。私を好きでいてくれて、ありがとう。

いつも笑わせてくれてありがとう』

とめどない、感謝の言葉。


『デート中、ささいなことで喧嘩をしてくれてありがとう。

買い物で、重いほうの荷物を持ってくれてありがとう。

旅行先を選ぶとき、一緒に悩んでくれてありがとう』

あふれる。


誰かに手を握られた気がした。横に彼女が座っている気がした。

なんでもない日常の光景がよぎった。

ベッドで目覚める一花の姿。近くにあるきみの顔。耳の形。髪の生え際。ほおに浮かぶうぶ毛。笑う唇の形。おはよう、とささやく声。きみが、大好きだった。

『私は十分すぎるほどの愛をもらいました。

だから博人くん。きみはこれからも、誰かを愛してあげてください』

謝りたかった。

そこにいるなら、いますぐ謝りたかった。

病室を離れてしまった。一人にしてしまった。

「ごめん、ごめん、ごめん、本当に、ごめん……」

僕はちゃんと進めるだろうか。這いつくばってでも、前に行こうと思えるだろうか。

そうやって心のなかでこぼした言葉を、映像のなかの彼女が拾ったとき、時間を超えてつながったような気持ちになった。

『大丈夫。博人くんは絶対に大丈夫。

きみは、借りた本に自分の連絡先を忍ばせる勇気がある人だから。

きみなら大丈夫。きっとできる』

手紙の最後に、必ず添えてくれていた言葉。

彼女の声が、文字が、表情が、僕のなかを満たしていく。

『わがままに付き合ってくれてありがとう。

きみといられて、本当に幸せでした』

そして映像が切れて、彼女はすべてを遺し終える。

しばらく動けなかった。彼女の名前を、声が枯れるまで何度も呼んだ。愛はあった。そこにあった。目の前にあった。

抱きしめたかった。いますぐそうしたかった。けれどもう、絶対に届かない距離に彼女はいる。二度ともう、触れられない。その痛みごと僕は受け入れる。そうしなければならない。そのための旅だったのだから。

立ち上がるよ。約束だ。きっとすぐに立ち上がって、前を向いてみせる。僕は、きみに恥じない自分になる。

だからいまは。

もう少しだけ、このまま。

幕間　保坂一花が遺したもの④

「もう録画されてる？」
「うん、始まってるよ。いつでもオーケー」
姿勢を正して、用意しておいた文章を必死に思い起こしながら、しゃべってい
く。緊張した。俳優がセリフを読むとき、こんな気持ちなのだろうか。自分の本
心の言葉ではないから、余計に緊張した。
薫子には二つのビデオカメラを用意してもらっていた。ひとつめは実家にあっ
た古いカメラ。偽物は鏡に向けて撮ることになるので、普通に撮れば違和感が出
てくる。そこで画質の悪いカメラを使って、映ったときの違和感をなくす作戦だ
った。もうひとつのカメラは最近買った新しいもので、こちらは本物を撮るとき
に使う。
昨日まで暗記した言葉を紡いでいく。じゃあね、博人くんと、そこまで言い終
えて、カメラを切る。録画した映像をすぐに薫子が見せてくれた。作戦通り、画
質の悪さがいい感じだった。私のぎこちなさも違和感を抱くきっかけになるかも

しれないと思い、これを採用することにした。

「どうしてわざわざ、偽物を用意するの?」薫子が訊いてきた。尤《もっと》もな質問だ。

「苦労して見つけた真実は、きっと何よりも、印象に残るはずだと信じてるから」

休憩は挟まず、この勢いで本物も撮ってしまおうということになった。ビデオカメラを新しいものに替えて、鏡もどかす。今度は真正面からカメラのレンズが私を向いてくる。自分の顔がうつらない分、いくらか気分がマシだった。何より、こっちの映像は原稿を用意していない。思いつく先から、言葉を紡ぐ。

ぴ、とカメラの録画が開始される音が鳴る。私はおちゃらけて、彼に手を振ってやる。

「というわけで、あちらは偽物でした」

博人くんはきっと、誰かがそばについていたほうが幸せになれる人間だ。あなたが私にしがみつき続けないように。いなくなったあとも、新しい道へ導いてあげられるように、こうしてメッセージを遺している。

計画してから実行にうつし、最後のメッセージを撮り、あっという間の日々だった。博人くん、あなたがそばにいたら、手を握りたかったな。

「私は十分すぎるほどの愛をもらいました。だから博人くん。きみはこれからも、誰かを愛してあげてください」

メッセージを見ている彼を想像する。どんな表情をしているかな。私の最後のいじわるを、わがままを、笑って許してくれているかな。それとも、この先続く未来に、不安そうな顔をしているかな。

ふいに声が聞こえてきたような気がした。彼の迷う声。落ち込む寸前の声。どうすればいい？　博人くんが、そう訊いてきているような気がした。

「大丈夫。博人くんは絶対に大丈夫。きみは、借りた本に自分の連絡先を忍ばせる勇気がある人だから。きみなら大丈夫。きっとできる」

私は最後にこう添える。

「わがままに付き合ってくれてありがとう。きみといられて、本当に幸せでした」

合図をして、薫子がカメラを切った。明日また、両方の映像をＤＶＤディスクに焼いたものを持ってくると言って、薫子は早々に撤収していった。

そうやって病室のドアが完全に閉まったところで、もう、だめだった。閉じ込めておいたはずのものがあふれでた。

頑張ってみたけどだめだった。もう抑えられなかった。ずっと考えないようにしてきたのに。いまになって、限界だった。

「ねえ、どうして」

どうして私じゃだめなんですか。博人くんの隣を歩くのは、私じゃだめだったんですか。

したいこと、たくさんありました。

声がもれる。こぼれる。あふれる。とまらない。ああ、とまらない。

もっとあの家で笑いたかった。もっと彼と手をつなぎたかった。話をしたかった。歩きたかった。歩みたかった。

悔しい。さびしい。悲しい。

嫌だ。嫌だ。死にたくない。こんなところで死にたくない。

彼を遺して死にたくない。彼を置いていきたくない。だって、あまりにもかわいそう。私ができることは、もうないのだろうか。

「ごめん。ごめんね……」

私はあなたを置いていってしまう。頑張ったんだよ。でもだめなんだ。

もっと一緒にいてあげたかった。数えきれないくらい、支えたかった。

ああ、やっぱりそうなのだ。結局そこにいきつく。どれほど泣いても、どれほど落ち込んでも、私は彼を愛している。愛の正体に私は触れている。自分はどうなってもいい。だけど彼は、彼だけは幸せになってほしい。

それでいい。私のやってきたことには、きっと意味があると信じられる。

ぱん、と顔を一度叩く。涙を流すのはこれでおしまい。もうこんな姿は誰にも見せない。自分にも見せない。頑張る。あと少しだから。

久しぶりに帰ってきた家は、少しばかり散らかり始めていた。やはり博人くんは、こんな感じで部屋にゴミを溜めていってしまうだろう。彼が一人暮らしをしていた頃、マンションに遊びに行っていたときも、よくゴミを溜めていたのを思い出した。

家にいる間、彼は片時もそばを離れず、隙を見つけるのが大変だった。なんだかそれが楽しくなって、思わず笑うと、不思議な顔をされた。それでますます笑ってしまった。

彼が飲み物を買いに家をでたところで、チャンスとばかりに動き出した。二階の寝室にあがり、『そして誰もいなくなった』の文庫本に手がかりとなるメモを挟む。そして一番大切なもの。最後のメッセージが入ったＤＶＤディスクを、アゲハの水槽のなかに入れる。砂利の奥、なるべく底のほうに隠した。ディスクの表面に書いた『一花　24.05.28』の文字が砂利に埋もれていく。プラスチックのケースとビニールのパックで封をしてあるから、劣化はしないはずだ。こうして私は、すべて終わったあとは手を洗い、おとなしく彼の帰りを待った。

博人くんのために遺したメッセージの準備を終えて、数日が経った。もしくは数週間かもしれない。よく覚えていない。けど、私はやり遂げた。

今日はやけに意識が朦朧としている。まだ午前中なのに、瞼が重くて、気をぬけば眠ってしまいそうだ。医師が退出して、博人くんがやってきた。手を伸ばすと、その手を握ってくれた。温かい。ああ、これってきっと、幸せだ。

「ねえ博人くん」

「なに、一花」

「暑いからアイスが食べたいな」

「え？　でも食べるものは、医者に制限されて」

「いいじゃんそんなの。私のわがまま聞いてよ。ほら、ぱぱっと近くのコンビニまで」

「……わかったよ」

彼が外出の準備を始める。博人くん、ごめんね。ドアを開けて、去っていく背中に語りかける。振り向いてくれるかなと思って、手を少し伸ばしてみる。もう一度触りたかった。けれど彼は行ってしまった。うん、それでいい。それがいい。

窓が少し開いていて、わずかに入ってくる風が心地よかった。頬をくすぐり、首元をなでてくる。風は誰かの手のように温かかった。

博人くん。きみはこれからひとりになる。

何もかもが嫌になって、家に閉じこもってしまうかもしれない。郵便受けのポストは、きっとチラシでぎゅうぎゅうだろう。

リビングにあふれるゴミの数は、目もあてられない有様で。庭も草がぼうぼうになって、きっと鬚も伸びきり、目の下のクマだってすごいことになっている。きみはきっと、生きる意味を失ったみたいな顔をするかもしれない。

でも安心して。ちゃんと用意してある。だから少しだけ待ってて。
きみなら大丈夫。きっとできるよ。

エピローグ

長いトンネルを抜けると、気づけば海の真ん中にいた。こまごまとした道の情報で埋め尽くされていたカーナビの画面にも、いまは対岸まで続く一本の道路だけが表示されている。進むべき道だけが広がっており、それ以外の余分なものがいっさい排除されたかのようで、見ていると気持ちが良い。

神奈川県の川崎市と、千葉県の木更津《きさらづ》市を結ぶ東京湾アクアライン。自宅近くからレンタカーを走らせて一時間ほどが経った。ナビに表示された到着予想時刻を見ると、行程の約半分まで来たことになる。

左右を飾っていた海に代わって、やがて田畑が広がり始める。ナビの案内に従い、指定された出口で高速を降りると、スマートフォンが振動した。降りてすぐの丁字路の信号がちょうど赤になったので、確認する。薫子ちゃんからの短いメッセージだった。

『落花生。あとイチゴ』

買ってこいという意味らしかった。シンプルと表現するべきか、そっけないと呆れるべきかの判断は置いておく。ただ、これを打っている薫子ちゃんの表情は容易に想像できた。

返事を打ち終えて、再び車を走らせる。やがてうねる山道に入っていき、人や建物の気配がいっさいなくなる。切り開かれた場所に出たかと思えば、そこもまた田畑や民家が点在しているだけだった。落花生やイチゴという看板を途中でいくつか見かけたが、立ち寄るのは帰りと決めて、そのまま走りつづけた。

到着予想時刻まで残り一〇分を切ったところで、アクアラインを渡って以降見かけなかった海が、再び視界に飛び込んできた。とうとう南房総、太平洋側までたどりついたことを知る。途中でちらほらと見かけた標識看板にも、いまでははっきりと、目的地である『鴨川《かもがわ》』の市名が表示されていた。海を右手に眺めながら海岸線を進んでいく。途中で入り組んだ住宅街に入り、一瞬、道を外れたかと思ったが、ナビの画面では正しく進んでいた。

海がある右側を防風林が覆い始めたところで、道の先に目的地の駐車場があらわれる。警備員の指示に従って敷地内に入り、車を止める。平日ということもあってか、想像していたほど他の車は停まっていなかった。

駐車場から五分ほど歩いた先に、とうとう目的地があらわれる。水しぶきを上げる派手なシャチのオブジェと、看板が目に飛び込んでくる。

『鴨川シーワールド』

仕事のための出張というわけでも、息抜きの観光にきたわけでもない。一人の女性を探して僕はここにいる。

何度か連絡をしているが、円谷さんからの返事はいっこうになかった。だから直接会おうと思った。けれど居場所はわからない。唯一の手がかりは、実家のある勝浦に帰ると最後に言っていたこと。

そこから僕なりに、彼女の行動を予測してみた。このあたりで新しい仕事を見つけるならどこだろう。また同じような熱帯魚店に勤めているだろうか。

海洋学校を出ている彼女は、水族館で働くのが夢だったという。もしかしたら、それを叶えているのではないだろうかと考えた。

千葉県内にある大きな水族館は、調べてみるとこの場所だけだった。おまけに鴨川市は、勝浦市のすぐ隣だった。確証はなかったが、行動を起こすには十分だった。まるでどこかの誰かの行動力が乗り移ったみたいに、気づけば僕はレンタカーを手配していた。

受付の券売機でチケットを購入する。そのまま入場口に向かおうとしたが、受付カウンターにいる女性のスタッフが目にとまり、尋ねることにした。

「すみません。ここに円谷透子さんというスタッフは在籍していますか?」

想定していなかった質問だったのだろう、数秒ほど女性スタッフが固まる。え、と訊き返されたのでもう一度同じように尋ねると、次は露骨にいぶかしむ目を向けられた。

「……失礼ですが、お名前は?」

「桐山博人です」

「どういったご関係でしょうか?」

「関係は――」

すぐに答えられなかった。僕と彼女の関係は? 友人。それは確かに事実の一つだけど、それだけじゃない。この場所で一言で答えられるほど、僕たちの関係はきっと、簡単なものではない。

そうやって生真面目に悩み、時間を空けてしまったのがまずかった。結局、「申し訳ありませんが、そういった類の質問にはお答えできません」と、あっさりつき放されてしまった。当然の対応だろう。誰かの懐にすぐに入りこみ、大事な事情を説明し、受け入れてもらえるような対話能力は僕にはない。あらためて、一花のしてきたことの凄さの一端を垣間見た。彼女のように上手くはいかない。

従業員に事情を説明するのは一度諦めて、入場口から敷地内に入る。客の数はそれほど多くは感じない。かといって視界のどこかには他の客が必ず目に入るので、さびしい印象も受けない。

館内マップを見ると、鴨川シーワールド内はいくつかのエリアに分かれていることがわかった。それぞれコンセプトごとに建物が用意されており、なかに入って展示された魚を観覧することができる。イルカやアシカ、そしてシャチのショーも定期的に行われているようだ。

手前のエリアから順番に館内と外のエリア、それぞれを回っていく。ロゴ入りのユニフォームを着た女性スタッフを何人か見かけたが、彼女ではなかった。

軽食を挟みながら、行われているショーもそれぞれ見て回った。イルカやシャチ、アシカと共演している円谷さんの姿は見つからなかった。各エリアで行われている「フィーディングタイム」と呼ばれる、飼育スタッフによる餌やりと解説にも参加したが、やはり見つからなかった。

もしかしたら今日は出勤していないのかもしれない。あるいは裏方の業務に回っている可能性もある。そもそもここで働いているという証拠すら、どこにもない。

閉園まで二時間を切っていた。陽が落ち切ったあとの現実的なことを考え始めなくてはいけない。帰路につくか、近場のホテルを取り、もう一日探すか。

地図を広げてまだ行っていない場所はないか確認する。すると、見ていないショーが一つだけあることに気づいた。ベルーガを見ることができるらしく、マリンシアターと呼ばれる場所が会場だった。あと一五分ほどで最後のショーが始まろうとしていた。

観覧してきた三つのショーとは違い、会場のマリンシアターは館内にあった。さっき一度だけ素通りした場所だった。一つの大きな水槽を半円状に囲むように、席が数段に分かれて配置されている。客もまばらで、自由に席を選ぶことができたので、前から二列目の比較的水槽に近い場所に座ることにした。

ショーが始まる前のベルーガ、つまりシロイルカが一匹、水槽内を泳いでいる。水槽に近寄った子どもをからかうように、大きく口を開けていた。

ショーが開始されるアナウンスが入り、関係者の出入り口ドアからスタッフがマイクを持ってあらわれる。ゆっくりと開いた自分の口が、そのまま固定し、動かなくなった。

そこから先の意識は、しばらくふわふわと浮いたままだった。

主役であるベルーガも目に入らず、そこに立ち、ショーを進行する円谷さんに見入っていた。マイクを通して聞く、久々の彼女の声に耳を傾ける。

「ベルーガはクジラの一種なのですが、ほかのクジラやイルカの個体とは違った面白い特徴があります。それは頭の部分で、実際に見ていただきましょう」

水槽内のダイバーが近寄ってきたベルーガの頭に触れる。空気の抜けたゴムボールのようにその頭が柔らかく凹んだり、戻ったりする。集まってきた観客が歓声を上げる。

「北極海周辺に住むベルーガたちの頭の部分は、このように脂肪で覆われていて、とても柔らかくなっています。北極の氷にぶつかっても負傷しないように進化したといわれているのと、もうひとつは『エコーロケーション』と呼ばれる、独自のコミュニケーションを行うために発達した器官であるといわれています」

ショーというよりは学習解説に近い趣だった。派手なシャチやイルカのショーを見たあとだったのか、前の列にいる子供たちが、退屈そうに足を投げ出している。

やがて、ベルーガによるエコーロケーションを使った特技が披露される。ベルーガは目隠しをされながらも、設置された輪っかを見事にくぐっていた。解説を挟む彼女に意識が戻ってしまうせいで、まわりより拍手が遅れる。

「このようにベルーガのエコーロケーションは超音波をぶつけて物体の……」

そのとき、ふいに目が合った。彼女の言葉がそれで止まった。

そこにいるはずがない僕に、素直に驚いた顔を見せる。

「ぶ、物体の位置を把握するので適切に障害物をよけることができます」

すぐに目をそらし、彼女はプロに徹して仕事に戻っていく。彼女は僕のほうを向かない。向けば今度こそショーを停滞させ、失敗させてしまうことを恐れているみたいに。心なしか、解説が少し速くなっている気がした。

円谷さんは僕を見ることなく、ショーを進行させていく。終了間際、彼女が客席に向かって呼びかけた。

「ほんの少しだけ時間が余ったので、良ければ質問に答えてみたいと思います。何か気になったことはありますか？」

周囲にいた親たちが、質問をするよう自分たちの子供に促す。けれどなかなか手は上がらない。恥ずかしがっているのか、飽きてしまっているのかはわからない。

言葉を交わすなら、いまがチャンスだった。一度だけでいい。数秒でも良い。きみなら大丈夫、きっとできる。

頭に響いたその声が、背中を最後に押して、まっすぐに手を上げる。

円谷さんは僕が手を上げたことにすぐに気づいた。躊躇し、一度はその顔をそらす。だけどほかに挙手するものはあらわれない。ほかの客も僕が手を上げていることに気づき始めていた。ショーの進行を、きっと彼女は優先するだろう。

予想していた通り、円谷さんは僕に向きなおってきた。

「では、そこの男性の方」

僕は席を立ち、彼女を見つめる。もうそらそうとはしない。

ここに僕がいると、訴える。きみと話をしにきたのだと、伝える。

そのための言葉を見つけられるのか、ここにくるまでの間はずっと不安だった。けれど口を開くと、自然に言葉が浮かんだ。

「ベルーガの使うエコーロケーションは、一度離れた仲間を、再び見つけることは可能ですか？」

彼女は僕の質問の意図を、すぐに察したようだった。

「もう一度再会し、話をすることは可能ですか？」

返事を待つ。

円谷さんはマイクを持つ手を上げようとしない。ほかの人から見れば、考え込んでうつむいているようにも見えるだろう。その肩がわずかに震えているのを、僕は見逃さない。どんな答えが返ってきても、僕はそれを受け入れるつもりだった。

やがて彼女はマイクを持つ手を上げて、そっと答えた。

「可能性は、あると思います」

ショーが終わり、出口に向かう客の流れに合わせて僕も外に出る。すでに陽が沈みかけていた。

帰ろうか、と声を掛け合う親子連れの会話を拾いながら、彼らの伸びる影を眺めて、そこで立ったまま何分かが過ぎた。もっと経っていたかもしれない。

ふと、海風に運ばれた小さな何かが、服の袖にはりついてきた。つまみあげると、それは白い花びらだった。園内の花壇のどこかから飛んできたのだろう。

見つめていると、背後から声がした。

「桐山さん」

自分の頰がゆるむのを感じながら、僕はゆっくり振り返った。

風が花をさらっていく。

この作品は書き下ろしです。

双葉文庫

は-43-01

彼女《かのじょ》が遺《のこ》したミステリ

2024年1月10日　第1刷発行

【著者】
伴田音《はんだおと》
©Oto Handa 2024
【発行者】
箕浦克史
【発行所】
株式会社双葉社
〒162-8540 東京都新宿区東五軒町3番28号
［電話］03-5261-4818（営業部）　03-5261-4831（編集部）
www.futabasha.co.jp（双葉社の書籍・コミックが買えます）
【印刷所】
大日本印刷株式会社
【製本所】
大日本印刷株式会社
【カバー印刷】
株式会社久栄社
【DTP】
株式会社ビーワークス

【フォーマット・デザイン】
日下潤一

ISBN978-4-575-52723-0 C0193
Printed in Japan